CAOMU ZHIJIAN

草木之间

高亚平◎著

陕西师范大学出版总社

图书代号　ZH16N0608

图书在版编目(CIP)数据

草木之间 / 高亚平著. — 西安：陕西师范大学出版总社有限公司，2016.6
　　ISBN 978-7-5613-8526-5

　　Ⅰ.①草… Ⅱ.①高… Ⅲ.①散文集—中国—当代 Ⅳ.①I267

中国版本图书馆 CIP 数据核字（2016）第 145849 号

草木之间

高亚平　著

责任编辑 /	张建明　郭　琦
责任校对 /	路　遥
装帧设计 /	鼎新设计
出版发行 /	陕西师范大学出版总社
	（西安市长安南路199号　邮编 710062）
网　　址 /	http://www.snupg.com
经　　销 /	新华书店
印　　刷 /	西安市建明工贸有限责任公司
开　　本 /	700mm×980mm 1/16
印　　张 /	13
字　　数 /	100千
版　　次 /	2016年6月第1版
印　　次 /	2016年6月第1次印刷
书　　号 /	ISBN 978-7-5613-8526-5
定　　价 /	32.00元

读者购书、书店添货如发现印刷装订问题，请与本社营销部联系调换。
电　　话：（029）85307864　85303622（传真）

自序

　　收入这本集子的文字，大多是我近四五年间所写的，且多为写植物，以及和植物有关的文字。也许有了一些年纪的缘故吧，近年来，我忽然对植物有了兴趣，外出闲游，喜去乡野，喜去山间，喜去河滨，即就是在城市中散步，也喜欢去公园，尤其喜欢去植物园，一句话，喜欢去草木多的地方。而平日闲居在家时，也喜欢侍弄花草，喜读和植物有关的书籍，诸如《植物名实图考》《本草纲目》《救荒本草》《神农本草》等。草木知本分，守初心，少贪欲，少纷争，平和，自然，随性，有老庄意味。让人见了安静，亦让人心生喜悦。草木的这些品性，和我的心相契。我曾让书法家张英群兄书一斗方：草木性情。悬挂于书房，以示对草木不忘。

　　闲读典籍得知，古人对草木亦情有独钟，他们"衣则桑麻，食则麦菽，茹则蔬果，材则竹木，安身利用之资，咸取给焉。群天下不可一日无，则植物较他物为特重。"非唯古人，今人谁又能离开植物呢？我们每天吃着植物的根茎花叶果实，享受着植物给我们提供的器具，呼吸着植物散发出来的清芬，可见，植物对我们是多么的重要。

　　我喜欢草木还有一个原因，这就是自小生活在乡下，见惯了草木。我的家乡在长安王莽稻地江村，这里属于樊川的腹地，它南揖终南山，北依少陵原，西临神禾原，是一个多水且草木丰茂的地方。历史上，许多达官显贵，或林下之士曾卜居于此。我们熟知的唐代著名诗人杜甫、杜牧，就曾长

1

期生活于此,且留下了许多优美的诗篇。而我们耳熟能详的"人面桃花"的故事,就发生在这里。儿时,一年四季,我可以说是在草木的包围中生活的。且不说河边的高杨大柳,田野中的桃红杏白,遍地的庄稼,以及终南山上的苍苍林木,单是我家的后院里,就是一院绿意。在我的记忆中,我家的后院中有两棵柿树,两棵香椿树,一棵石榴树,还有一棵杏树,一棵泡桐。而院中不大的菜地里,则被祖父扎上篱笆,种上了葱蒜韭菜,种上了莴苣、芫荽、青菜,点种上了扁豆、葵花、丝瓜,还有黄瓜、西红柿、葫芦什么的。春天,那可真是一院的繁花;夏天,则是一片的葱茏;而秋天则是果垂枝头。即就是"万树寒无色"的冬天,依然有芫荽匍匐于地,有菠菜瑟缩于地,给冷凝的大地增添一抹春色。可以说,草木于我,如乡邻,如老友,亲切随意,一日不见,如隔三秋。《世说新语》载周子居语:"吾时月不见黄叔度,则鄙吝之心已复生矣。"而我一日不见草木,则俗心生矣。草木可以让人清心寡欲,可以让人忘俗,更可以让人清澈通达。草木有这般的好,任谁又能不喜欢呢?

  人生亦有涯,在这有限的时光里,让我们稍微放缓一下匆忙的脚步,平静一下烦乱的心绪,去亲近一下草木吧。让草木的倩影清明一下自己的眼目,让草木的清露润泽一下自己的心田,让草木的馨香芬芳一下自己的灵魂。攘攘红尘,有草木相伴,夫复何求?

          2016年4月26日于坐静居

目录 Contents

- 001 柿树
- 006 荷
- 011 玉兰
- 016 土门峪的桃花
- 021 豆三种
- 028 木槿
- 033 木瓜树
- 038 八月的庄稼地
- 043 雨
- 046 园林场往事
- 051 植物园
- 057 蜻蜓在荷叶上飞
- 066 丝瓜
- 071 茄子
- 075 里花水的花事
- 081 春天的野菜
- 085 说梅
- 090 南豆角村的春天
- 093 里花水的植物
- 096 紫薇
- 100 蜀南的竹

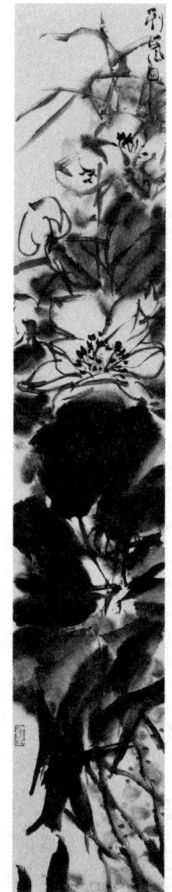

103 甜瓜
108 环城公园
112 迎春花
115 香椿情结
120 青龙寺·桃花
123 绒线花静静地开
128 一棵明代的树
131 捡豌豆
137 河柳
145 春天
148 城墙下的梅花
151 蔷薇园和它的主人
155 南瓜花开在院墙上
158 二爷的菜园花满畦
162 吃柿子的鸟儿飞来了
165 夏日草木
170 石榴
173 秋荠
177 桃花意绪
181 灰灰菜
184 大豆
187 螃蟹
192 喜鹊
196 夏日蝉声
201 后记

柿树

柿树是关中农村最常见的一种树,尤其是沿秦岭北麓一带,几乎家家有柿树,村村有柿树。有人说,柿树多生长在苦寒的地方,譬如陕西、山西、甘肃、宁夏等省的山地、丘陵地区,也许吧。柿树耐贫瘠、耐干旱,生长缓慢,但它易活好管,稍有一些土壤水分,就能迎风而长,并结出通红鲜亮的柿子,这很像草民百姓,让人感动。

我的家乡在秦岭之北,离山约有十里,西依神禾原,北靠少陵原,属于川地。因近山之故,柿树在家乡也广为种植,河边地头,人家房前屋后,常可见到柿树的影子。尤其是到了秋日里,严霜一洒,树叶变成绛红色,片片落下,而红艳艳的柿子则俏立枝头,或累累然,或垂垂然,一兜儿一兜儿的,晴空丽日下,鲜艳之极,谁看了都会为之心醉。再陪衬以青堂瓦舍,袅袅炊烟，一丘丘金黄的稻谷，绿得发黑的玉米地，还有呼啸的鸟群，那简直就是一幅秋丰图，不唯旅人见了着迷，就连本乡本土之人见了，也会目驻神驰，连连赞叹的。

柿树的品类很多，以果型和味道来分，大约有水柿、火柿、尖顶、火晶、寡甘、面蛋之类。因其树种不同，故果熟期和果味也大不相同。水柿硕大，未成熟时，浑身呈青绿色，熟后呈金黄色，食之清甜，水气大，美中不足的地方是皮厚。火柿靠近蒂部有一圈云纹，很好看。这种柿子个儿不大，吃起来也没有什么特别的味道，唯其未熟时，用火烧熟了吃，甜香无比。我不知道火柿之名是否由此而来，反正少年时代，我没有少吃过烧熟的火柿。尖顶和火晶则是我们那一带最常见的柿子。尖顶个大，快熟时将其摘下，用温水拔去青涩之气，吃起来甜脆无比。但需注意，去其青涩之气时水不可太烫，过烫则柿子会被煮死，那时，任你是神仙在世，也只能徒唤奈何。尖顶自然熟了也好吃，用手轻轻地剥去一层薄皮，便露出了鲜红的果肉，食之，糯甜如饴。火晶体型小，通体红艳，如沙果般大小，这种柿子红熟时，或轻揩去柿子上的薄霜，一口吞了，或揭去柿蒂，对着口，微微一吮，立时一股蜜甜，便顺着喉咙流到肚里，一直甜到心底。火晶是可以久储的。霜降之后，摘了火晶柿子，用剪刀剪去树枝（防树枝戳坏了柿子，柿子熟透后变软，最是娇气，稍微碰撞一下，就会破了皮，流出汁儿），在瓦房顶上用稻草盘个窝，将已红但还发硬的柿子头朝下一层，再头朝上一层，如此重叠，一层层码起来，最后用稻草盖严实了。这样，一任风吹雨打，霜侵雪压，柿子全然不惧，只安然地躺在草窝里，慢慢变熟。吃时，只需轻轻地揭开稻草，一层层拿去。如此，便可以一直吃到来年开春。寡甘柿子甘甜，不易变软，一般让其在树上变熟。这种柿子有时白雪都覆盖了大地，还擎立在枝头，风吹不落，雨打不坠。摘时，要用夹杆夹。面蛋形似火晶，但没有火晶鲜红、亮堂，也没有火晶蜜甜，只是一味的面。寡甘和面蛋，我们那一带人家种得不多。还有一种柿树名叫义生，是没有经过嫁接的，即使熟透了，吃起来也有涩味，栽种的人就更少了。

我家老宅的院中有两棵柿树，一棵是火晶柿树，一棵是寡甘柿树，都有小桶般粗细。火晶柿树后来因要盖新房，斫去了。寡甘柿树至今还在院中挺立着，春天，在翠绿的叶片下，开一树方型的金黄的小花；秋天，结一树红灯笼样的柿子。童稚时代，这两棵树给了我无尽的欢悦和乐趣。夏日看蚂蚁上树，用一根线穿了柿花挂在脖子上做项链，上树捉金龟子、知了，在树下乘凉、荡秋千；秋日里爬上树摘柿子，用铁丝扎红彤彤的柿叶

◎草木之间

柿树

玩，等等，都是让人着迷的事儿。有一种专吃柿子的鸟儿，家乡人呼它作燕咋啦，每年柿子成熟时节，它们都会叫着闹着飞临家乡的原野。每当这时，家乡的柿树都会遭一次殃。但在我的记忆里，家乡人似乎并不恨这种鸟儿。若那一年燕咋啦不来，他们还会仰了头，自言自语地说："燕咋啦咋还不来呢！"一年秋天，柿子成熟季节，因为忙，父亲嘱咐我和弟妹们把家中院里的柿子摘了。于是，我和弟妹们提篮拿夹杆，把两棵柿树上的柿子摘了个净光。不想，父亲晚上回家后看到这种情形，脸色立即沉了下来，他二话不说，饭也顾不上吃，便搬了梯子，硬给树顶上绑了几兜儿柿子。下来后，他语重心长地对我们说："记住了，天生万物，有人吃的一口，便有鸟儿吃的一口。"直到此刻，我才恍然大悟，我们太不厚道了，忘了给鸟儿留吃的了。父亲去年八月份已谢世，如今，追言思人，我不觉怃然。

柿树还是一种入得画图的树木，许多国画家都爱画它。我的岳丈家在终南山脚下，出小峪口不远即是，村名也很有意思，叫清水头。每每念及这个村名，我都会想到杜甫的诗句："在山泉水清"。清水头村多树木，尤多柿树，一搂粗的，桶粗的，随处可见，夏天撑一树树阴凉，冬日铁枝虬干，古意苍然。我曾多次在这些树下盘桓，感叹着光阴的飞逝，追忆着逝水流年。一次，我和国画家赵振川的弟子王归光、于力闲聊，得知赵先生也常带了一班弟子到此写生作画，不觉欣然。怪不得近日观看他们师生的秋季小品展，似乎画里闪现着柿树的影子呢。

清水头村还有千亩荷田，六七月间，荷叶田田，荷风阵阵，荷花次第开放，红的白的，加之青山绿水，远村长林，景致也是蛮宜人的。除了柿树外，不知赵先生会不会偶发兴致，也画一笔两笔荷花呢？

荷

说到荷，不唯陕西南部地区，譬如安康、汉中等地广泛种植，就是秦岭以北的关中地区，也多有种植，尤其沿秦岭北麓一带，因多峪口，多流水，多川地，种植更为普遍。明代诗人钱微曾写过一首咏荷诗："泓然一缶水，下与坳塘接。青菰八九枝，圆荷四五叶。动摇香风至，顾盼野心惬。"想他描写的应该也是北方的荷吧。

对荷，我说不上多么喜爱，但碰到了，总要驻足多看两眼。原因嘛，我们家乡有荷，打小就认识。故而见到了，总有那么一点亲切。这好比是邻居，虽平日没有多少交往，因相处的时间长了，只要没有交恶，不期在外面遇到了，还是有那么一丝淡淡的喜悦在心底的。

我的家乡在樊川的腹地，离终南山仅有十多里之遥。终南山是秦岭的一段，山上植被好，故雨水多，加之家乡又是川地，西面北面皆原，水汊低湿地方多，水

田面积便广博，这在关中别的地方是不多见的。水田面积广就宜种稻植荷。在我的记忆里，我们村庄周围全是稻田、荷田。就连村名也叫稻地江村。附近村庄的人，还给我们村编了一句顺口溜，道是"进了江村街，就拿米饭憋（吃饱的意思）。"足见家乡水田面积之广。

插秧种稻在麦收后，但秧苗是在麦子还未成熟时已育在秧床上了，绿莹莹的，如绿绒毯，很好看。待到麦子收割过后，腾出了地，方拔了秧苗，一撮撮插入水田里的。而荷则是在暮春已被植入去冬预留好的田里的。那正是小麦扬花、柳絮飘飞时节，放眼原野，白色的絮状的杨花，漫天飞舞，夕阳下，尤为好看。

植荷是一件比较麻烦的活儿，也是一件细致活儿。先得套上牲口把地翻了，然后把地耙平，再给田里隔三岔五地堆上捣碎的农家肥，之后把藕种埋入粪堆中，放入水，荷田就做好了。十天半月后，你到地头去看吧，原来水平如镜的荷田里，便有如婴儿小拳样的小叶露出水面，嫩绿嫩绿的，上面还挂着晶莹的露珠。从这时开始，荷田一天一个样，荷叶愈生愈多，一两个月后，便已是叶覆叶，层层叠叠，碧绿一片了。荷田里也开始热闹起来，水中有水葫芦、荇草，有鳝鱼、泥鳅，最多的是青蛙。它们在水里跳来游去，有时甚至跳到荷叶上去，压得荷叶一忽闪一忽闪的，荷叶上的露，便若断了线的珠子，纷纷滚下，跌落水中。蜻蜓也很多，麻的、黑的、红的、绿的，或于荷田上空来回飞翔，或降落在荷叶上面。此时，水稻也已成长起来，整个稻田绿汪汪的。片片稻田和片片荷田相间相连，田野如画轴，渐次打开，远山近树，美丽极了。而荷花也在这个季节静静地开了，粉红的，莹白的，花大如碗，挺立在重重荷叶中，如浴后少女，微风过后，婀娜有致，美艳得使人心痛。

夏日无聊，翻书破闷。从书中得知，古今有很多爱荷之人，李白、周敦颐不待说，今人中喜欢荷的，作家里就有席慕容、汪曾祺。席、汪二人都曾种过荷。席慕容是诗人，还是画家，她植荷除了观赏、作画外，大概还是出于女人爱美的天性吧。汪曾祺我想则更多出于情趣，出于对生活的热爱。读他写种荷的文字，让人感动，也让人觉得温暖，如何的弄来大缸，给缸里倾倒进半缸淤泥，铺上肥，注入水，植入藕秋子（荷种），看它生叶、开花，历历写来，如在目前。不过，无论是席慕容，还是汪曾祺，他们种的荷都是观赏荷，不长藕，和我家乡的荷是不一样的。我想，花叶也一定没有我们家乡的荷开得大，生长得碧绿茂盛吧。

曾见过许多荷，比如苏州拙政园的荷，湖南桃源的荷，昆明滇池的荷，但我以为总不及我们家乡的荷。长

◎ 草木之间　荷

安自古帝王都,长安自古也是出美荷的地方。家乡清水头村的千亩荷田,花叶之盛,势接天际,让人震撼,亦让人流连。夏日到此,沐荷香荷风,可以忘忧。若带有酒,还可效古人,摘一段荷梗,掐去头尾,将其插入酒瓶,慢慢地吸,喝上一两口带有荷香气的酒,那份惬意、自在,更无以复言。

玉兰

　　尽管从小生活在乡下，但我认识玉兰却很晚，原因很简单，我们村庄没有玉兰树；抑或村外原野上、人家的庭院里有，我没有发现。大约是我十五六岁那一年夏天吧，趁暑假无事，我到堂姑家去玩，这才知道了世间还有这样一种令人心醉的树。

　　堂姑是二爷的女儿，是我们门中父亲这一辈人中的老小，比我大十多岁。我去她家那一年，她已出嫁五六年了，而且有了自己的一儿一女。堂姑嫁去的村庄叫清禅寺，在我们村庄东南方向，离我们村庄有十六七里路，村南不远就是秦岭山。清禅寺座落在一处高岗上，岗下就是溪流纵横、稻花飘香、花木郁茂的樊川。樊川是一个很古老的地名，春秋战国年间就有了这一称谓。汉代，因又是刘邦的大将樊哙的封邑，使这一地名得以继续沿用。到了唐代，樊川又成了达官显贵的后花园，成了许多诗人的歌吟卜居之地,大诗人杜甫、杜牧都曾经在此长期居住过。杜牧干脆就将他的诗文集命名为《樊川集》,可见其对樊川这一钟灵毓秀之地的喜爱。唐代又是一个佛教兴盛的朝代,风景秀丽的樊川大地上,佛寺遍地,往少里说也有十多处,著名的有兴教寺、香积寺、华严寺、净业寺、天池寺等七八座,堂姑家所在村庄的清禅寺,大约也是在这一时期建成的吧。据说,起初建寺时,并没有这一村庄。后来寺成,庄户人家依寺而居,才逐渐形成了这一村落,而村落也因寺而得名。后来寺废,村庄袭其名,至今不曾更改。

我是在堂姑家村西废寺的遗址上见到那棵玉兰树的。其时,我并不认识也并不知道那就是玉兰树。只觉得那树很高大,枝干很粗壮,枝叶很繁茂,似乎很有一些年头了。是堂姑告诉我那是一棵玉兰树,且已有了一千多年的历史的。经她这一说,我一下子对这棵玉兰树产生了兴趣。我上前搂抱了一下,没能搂住。树的确有了年岁,树身粗糙不说,还有许多节疤,望去显得有些丑陋。但它的枝叶却出奇的繁盛、茂密,椭圆形的巨大的叶子绿得发黑,连正午的阳光都穿不透。偶尔有山风吹过,树枝婆娑起舞,浓荫才被撕破,地下才筛下一些斑驳的光影,让人看了很是着迷。而树的北面,被树荫遮盖的地方,便有了一眼清冽的泉水在潺潺地流,千百

年间，这里的百姓便赖了这股水的滋养而存活。

"这树开花吗？"

"开！春天开，你明年春天来就能看到。"

"什么颜色？"

"白色。"

我想象不出这么大一棵树全缀满了白玉似的花是一种什么景象，我无端地觉得那一定很美。可惜现在是夏天，花事已过。我看不到花开。但我却一下子记住了玉兰这个名字，而且记住了堂姑告诉我的一句话，玉兰树开花时特别好看，花也特别的繁盛，可惜就是花期太短。

自在堂姑的村庄认识了玉兰树后，我又去过她家几次，但都不在春天，自然还是没有见到玉兰花开。可我从此却留了心，果然，在随后的岁月里，我有幸看到了几次玉兰树开花的情景。一次是在植物园，一次是在青龙寺，还有两次也是在寺庙里（我至今纳闷，寺庙里为何爱种玉兰树，是此花莹洁如玉能昭示佛的神圣庄严吗？）。

记忆里最深刻的还是在青龙寺那一次。大约是上世纪九十年代吧，一年春天，我和几位朋友突然来了兴致，相约到青龙寺去看樱花。那天上午阳光很好，杨柳风呼啦啦地吹，吹得人浑身暖洋洋的，似乎连骨头都要酥了。天空虽蓝得不甚分明，但有许多风筝在飘，便显得很有诗意。我们是骑着自行车去的，一路说笑着，不觉间就到了青龙寺。青龙寺蹲踞在乐游原上，它像一位世外的高人隐居在市廛中，匿身在红尘之外。寺里很清幽，尽管是春天，正是人们踏青春游的好时节，却没有几个人，这正合了我们几个人的意。寺里有很多樱花树，但我们来早了，樱花还没有开。便在寺里闲转，那树玉兰就是在我们转过一丛竹林后，蓦然撞入我的眼帘的。这棵树并不高，充其量也就是两丈多高的样子，可那满树的繁花却把我震住了。放眼望去，一大朵一大朵白色的花，挨挨挤挤，堆满枝头，仿佛是用玉雕刻出来的一样，美丽极了。春风过处，花枝乱颤，似乎是无数白鸽子在飞，又似乎是数不清的玉蝶在舞。我突然便想到了堂姑家村头的那棵千年玉兰树，它到每年春天开花时，该又是一种什么样的热闹情景呢？是像幼儿园里无数孩子那样闹闹嚷嚷地开呢？还是无声的寂寞地在风中开呢？我不知道。我只知道自己已经多年没有见过堂姑了。听说她生活的并不好，是因为她那个好赌的丈夫呢？还是别的什么原因？我说不清。

我只清楚我很想念她，还有她家村头那棵玉兰树。

土/门/峪/的/桃/花

　　土门峪是一个村庄名，也是一个峪口名。其在终南山下环山路南，距太乙宫很近，约有四里路的样子。土门峪虽也算一个峪口，但和南山北坡的所有峪口均不同。其他峪口，和秦岭相连，多为山石结构，且深入山中，故峪中多清流，谷畔岩石巍巍，草丰林长。此峪则纯由黄土组成，峪口东西，均为高耸的黄土岭，岭高多在四五丈。峪中亦不见流水，这大约是和秦岭相距较远的缘故吧。

　　土门峪和我的家乡稻地江村离的不远，约有五里路。从我们村庄出发，沿着机耕路南行，涉过清浅的小峪河，过柳林村，再穿过环山公路就到了。两个村庄虽相距甚近，但四十岁以前，我却从没有去过土门峪。尽管年少时，因舅爷家在吴家沟（吴家沟和土门峪是邻村，只隔着一条蛟峪河和一道高岭），我随奶奶到舅爷家做客，有无数次的机会去土门峪，可始终没有成行。我虽没有去过土门峪，对土门峪却并不陌生，原因么？土门峪村的西岭上，高高地耸立着一座二龙塔，小时候，我站在村头，曾无数次的翘望过它，也无数次的听村庄中的大人们叙说过有关塔的传说。相传，很久以前，有两条恶龙，经常在土门峪西岭上缠斗不休，搅得临近村庄的百姓不得安生。村民忍受不了，遂焚香祷告，向上天祈求保佑，不想惊动了玉帝，玉帝震怒，便令天神降下一塔，将二龙压于塔下。从此，二龙塔周围，风调雨顺，百姓安乐。而附近百姓，也便将此塔唤作二龙塔。因了这优美的传说，我也得知了土门峪这个地名，且知道那条山谷里，藏着一个村庄。自然，也极想去土门峪转转，探究一下那个充满了神秘色彩的二龙塔。

  是三年前的一个春日吧，待在西安城里的我，见环城公园里春光大好，忽发游春之兴，想去南山下逛逛。去哪里呢？蛟峪山。遂约了一个朋友，直接打车，赶到环山公路，弃车，顺了吴家沟前的小路，登上蛟峪山。蛟峪山也是一座土山，庄户人家顺了山脚，一直住到半山腰上。村庄很安静，村舍多掩映在翠柳桃花间，望去美丽极了。路边，有安详的鸡在啄食；有狗在游走，见了人，"汪汪"两声，发现无人理睬，便无趣地走开。

◎草木之间

土门峪的桃花

我们顺了街道，一直登上山顶。山顶很开阔，实在的，更近乎于原。上面建有一寺，名天池寺。天池寺为一隋朝所建寺院，唐时为皇家寺院，据史料记载，唐太宗李世民曾多次驻跸该寺。从其得名看，寺中当年应该有一片大水，但今已无有。寺院很破败，有一隋塔，有三间大殿，有二三僧人，除此，别无长物，已看不出有昔年皇家寺院的气象。随便看了看，觉得趣味无多，遂步出寺院，北翘樊川，不意，便见到了近在咫尺的二龙塔，如一位历尽沧桑的老人，静静地蹲踞于脚下不远处的岭上。岭下是如带的蛟峪河，岭前则是一大片一大片的麦田，绿汪汪的，铺满了岭。天气薄阴，有阳光透出，亦有乌云在天空翻卷。春天的天空，总是阴晴无定。

"我们去二龙塔吧！"我对朋友说。

"那里好玩吗？"

"说不上，也是一处古迹吧。"

朋友颔首。我们便顺了脚下的村庄，溜溜达达地下了山，并沿着田间小道，向二龙塔进发。路边麦苗鲜绿，油菜花金黄，还有一些桃花，也很灿烂地开着。田野中，有无数的蜂蝶在采蜜、蹁跹。春天的气息浓烈似酒。眼看再有一箭之地，就到二龙塔了。忽然，天空阴云密布，雷电大作，有铜钱大的雨滴砸下。我慌忙拉了朋友，一路趔趄着，向土门峪村中奔去。因为我知道，这个时候待在岭上,极易受到雷电的袭击,是最危险的。也是在很早以前吧,一个夏夜,雷电交加,二龙塔惨遭雷劈,其顶为巨雷所掀掉,抛至岭下一里外的蛟峪河里。此事,附近乡人多有知者。我因自小生于斯长于斯,对此故事,早已熟知。故遇此天气,心中着惊。不想,方奔到半坡,天气却遽然转晴,原来是过云雨。喘息未定,但见坡上,一片片的桃花,经过雨水的洗涤,灿烂如云霞。我问朋友还去二龙塔吗,朋友说,算了吧,就看看桃花吧。便相随了,在桃花丛中乱窜。雨后的桃花,如美人镜面新开,那份娇艳,让人简直目不敢视。勉强视之,则呼吸紧迫。西安附近,我曾于北郊的六村堡看过桃花,亦曾在长安的桃溪堡看过桃花,前者因桃园面积广袤胜,后者因有唐人崔护人面桃花的故事胜,两处皆为观赏桃花的胜地。但我以为,二地的桃花,均没有土门峪的桃花浓艳、清丽,是因了天雨的原因呢,还是土厚的原因,我说不清。反正,我觉得土门峪的桃花很好,很有味道。真的是"桃之夭夭,灼灼其华。"

看够了桃花,出土门峪,行至环山公路上,在汤坊庙村等车。远远地看见一戴着眼镜的老者,在蛟峪河边的草地上放羊,甚觉眼熟,走近一看,原来是毋东汉先生。东汉先生一生清正自守,甘于清贫,唯以教书育人、读书著述为乐。其所教学生,遍布乡梓,而所著《育圃寓言》《作文刍议》等书,更是惠人多矣。今年过六旬,退休乡居,过着一种隐士式的生活。交谈,其告知我,二龙塔并非佛塔,而是一座风水塔,让我又长了不少知识。归思,此次远足,虽去土门峪未曾好好看看二龙塔,但却看了一番别样的桃花,也算不虚此行啊!

豆/三/种

扁 豆

很喜欢郑板桥的一副对联：一庭春雨瓢儿菜，满架秋风扁豆花。我不知道瓢儿菜是一种什么样的菜，但扁豆和扁豆花，从小到大，我却没有少见。这是一种在关中农村很常见的豆类植物。仲夏，尤其是秋日，在菜地里，在人家的院落里，都可见到生长得很旺势的扁豆，豆叶墨绿，蔓儿缘了树或豆架、篱笆，往上疯窜。那花儿也开开谢谢的，白的紫的，一串一串的，从夏末一直能开到晚秋。自然，花间也少不了蝴蝶和蜜蜂的身影。但在我的印象里，似乎葫芦蜂来的最多。是它喜欢花儿的繁盛呢？还是喜欢豆荚的清香？我说不清楚。而扁豆就生长在花串的下部，花落了，结豆荚了，白豆荚，紫豆荚，起初很小，慢慢变大，若蛾眉，若弯月，让人喜欢。花是开开谢谢的，豆荚也就大大小小。最常见的情景是，一串花藤上，既有豆荚，又有豆花。豆荚也是大小不一，花串的下部，豆荚最大；越接近花儿的地方，豆荚愈小。家乡人形象地称之为：爷爷孙子老弟兄。扁豆是可食的。摘下清炒，或者用水煮熟了凉拌，清脆可口，用以佐酒或下饭，皆妙。做扁豆面尤妙。将嫩扁豆摘下，洗净，直接下到面锅里，饭熟后，面白豆绿，很是可爱。再给面里调上好醋好辣椒，撮上一点生姜末、葱花，年轻时，我能一连吃上三大碗扁豆面。

我爷爷在世时，特别爱种扁豆和南瓜，原因是这两种植物，都能缘墙缘架而生，易活，省地。记忆里，爷爷每年都要给后院里种这两样东西。南瓜沿墙攀援，牵牵连连，翻过墙头，有时都长到了邻家。而扁豆则沿了后院里的两棵香椿树，一路攀爬，藤蔓达三四米高。整个夏秋时日，两棵香椿树被扁豆藤所缠绕，也就成了豆叶婆娑的树，成了扁豆花烂漫的树。可惜的是，自从爷爷下世后，我家的后院里，便再也没有了扁豆的影子。

扁豆花也是花鸟画家爱画的题材。我想，这除了扁豆形态好，宜于入画外，还和它普通、常见有关。向画家讨一张扁豆花画，挂在家里，枝叶摇曳，花团簇拥，蜂飞蝶舞，不但看起来热闹、喜庆，也显出些许清幽。画上的植物自己认识，别人看了也认识，这有多亲切。谁愿给家里挂一张自己不认识的画呢？

秋风又起，家乡地头的菜地里，扁豆花开得该正繁盛吧？我想念母亲做的扁豆面。

豌 豆

春三月，麦苗起身，蓬勃生长。豌豆也随了麦苗，开始跑藤扯蔓。嫩闪闪的蔓儿上，还只是一些肥硕、鲜嫩的叶儿，掐一把带露的豌豆尖儿下入面锅，便是庄户人家难得的美味了。不久，豌豆陆续开花，白的，红的，春风吹过，万花攒动，如无数彩蝶在麦田里舞动；又如万千小虾，在绿波中跳动。豌豆结荚了，碧绿的豆荚若美玉雕成，挂在叶蔓上，格外好看。嫩豌豆角是可食的，吃起来有一点淡淡的甜味。豌豆结豆荚时，也是乡间孩子最快乐的时光之一，他们三三两两潜入麦田，大肆偷摘豆荚，每个人的口袋里都是鼓鼓囊囊的。豌豆继续生长，豆荚变白变老，孩子们依旧偷，他们将偷来的豆荚用针线穿起来了，放进锅里，用盐水煮熟剥食，吃起来有一种别样的风味。麦黄了，豌豆藤枯了，它们和成熟的麦子一同被割下，运到打麦场，最终变成豌豆麦，被储存进粮仓。

清人吴其濬著《植物名实图考》云："豌豆，本草不具，即诗人亦无咏者。细蔓俪莼，新粒含蜜。菜之美者。"其实，岂止是诗人无所咏者，就是画家，也很少画这种植物。倒是关中农村多以豌豆花为题材，用彩纸剪成窗花。下雪天，坐在贴了窗花的窗前，窗明花艳，炕暖茶热，倚窗闲读，实为一件乐事。

豌豆可制成多种食物，如豌豆粉、豌豆糊糊、炒豌豆等，但最常见的吃法还是豌豆面。将豌豆和麦混磨成豌豆面，再做成面条，吃起来不但筋道，而且还兼具麦香和豌豆香。豌豆面过去是关中农村最常见的面食之一，但现在已很少能吃到了。究其原因，豌豆产量低，且种起来易受孩子糟践。过去，村上种豌豆，都要派人看护。现在分产到户，谁受得了那份麻烦？

夏日麦收过后，适逢透雨，天晴，于刚收获过的豌豆地里，可捡拾到许多胀豌豆。这些豌豆多为豌豆中的上品，颗粒饱满，它们是在五月的热风骄阳下，豆荚突然炸裂，遗落田间的。这些豌豆经雨水浸泡，豆身比原来大了一两倍，颗颗如珍珠，白亮可爱。将捡拾到的胀豌豆用清水淘净，用油和淡盐水炒过，吃起来有一种无法言说的清香。小时候，我没有少吃过炒豌豆。我至今还能记得夏日雨过天晴后，我们光着脚丫，在金黄的麦茬地里捡豌豆时的情景，也还能记得挂在南山顶上的那一道彩虹。可惜的是，自从我二十多年前进城后，便再没有吃到过这种难得的妙物了。

绿 豆

在豆类植物中，绿豆的身量怕是最重的。灌一麻袋小麦、稻谷，只要是在农村长大的小伙子，往下一蹲，弯弯腰，"嗨——"地一声，一麻袋粮食就上了肩。但麻袋里装的如果是绿豆，那就另当别论了，一般小伙子根本扛不上肩。除非是大力士，要么，就别想。绿豆是夏收后种，秋日里收，生长期很短，也就四五个月。种时，不需要点种，都是由庄稼把式满地里挥洒，或者顺了苞谷垄溜，待苗儿出齐后再间苗，种植起来很简单，不费事。要紧的是，在豆苗出来后不久，要防止兔子糟害。兔子是最爱吃豆叶的。因此，种绿豆的时节一定要把握好，既不能种早，也不能种晚。早种和晚种，因其它豆类植物还没有广泛出苗或已出苗，兔子专吃这一片地，极易把此片地上的豆苗吃得稀疏，从而影响产量。

绿豆性温良，解毒，暑月里，以之为汤，或者和大米、小米同煮，熬而为粥，是消暑的妙品。当然，端午节，以之为绿豆糕，就不用说了。绿豆最广泛的用途，莫过于生豆芽菜和做粉条了。小时候，我们生产队的粉坊里制作粉条时，除了土豆粉和红薯粉外，大量用的就是绿豆粉了。有一年，我们队上种植的十亩绿豆地突然变作他用，时当绿豆成熟时节，也许是生产队长想要照顾本队的社员吧，他说，这片地上的绿豆就不要了，大家去给自家采摘吧。于是乎,也就是一天的功夫,这片绿豆地里的绿豆,便被采摘殆尽。我们家也摘了不少,那一年,母亲用这些采摘回来的绿豆陆续生了许多豆芽菜。一直到了来年的开春,我们一家才把这些绿豆吃完。

木槿

木槿，过去在我们家乡不多见，近年忽然多了起来。记忆里，似乎只在人家的院落，或者寺庙里，偶或能见到它的影子。但大多也是伶仃的一株，寂寞地生长在那里，平日少人问津。只有到了花开时节，粉红色的花儿次第开放，树边才多了人的踪迹。尤其是蜜蜂，嘤嘤嗡嗡的，好像一个夏天，都在木槿树身边忙活。

小时候，我并不认识木槿，也不知道世间还有这样一种美丽的花儿。我们那一带盛行过会，有人说是庙会，有人说是忙罢会，都讲得通。长安乡间，过去村村有庙。有些大点的村庄，村里还不止一座庙。譬如我所出生的稻地江村，昔年就有两座庙，坐落在村南学校边上的是关帝庙，坐落在村北的是黑爷庙。黑爷据说是终南山里的一条乌龙，是我们村庄的守护神，村人在终南山的嘉午台上，给它建有庙宇。这两座庙上世纪六七十年代还存在，后来到了"文革"期间，忽然成了四旧，给拆掉了。连嘉午台上的黑爷庙也给拆掉了。那些拆下来的木材、砖瓦，统统给生产队盖了马房。嘉午台上的黑爷庙因为位于山脊上，风大，修建时，房瓦全是铁铸的。拆毁时，也把铁瓦用褡裢装了，两页两页搭在羊背上，用羊驮下山，再用架子车运到村里，然后卖给了公社的废品收购站。因有庙，故此才有过庙会之说。不过以我之见，过忙罢会还是来得更加亲切自然一些。农人们辛苦了一个春夏，麦子收割了，稻秧插进田里，玉米、豆谷种进了地里，此时进入了一年中的第一个农闲时节，亲戚朋友之间便要互相走动一下，联络一下感情，问问彼此的收成，这样便有了忙罢会。一年夏天，祖父外甥寅生伯家所在的村庄上红庙村过会，我随祖父走亲戚，在寅生伯家的院子里，才第一次见到了木槿。

　　上红庙村是一个绿树村边合的小自然村，全村仅有百多户人。村东是小峪河，村西是太乙河，村庄及其周围，树木极多，且都是高大的树木。春天，远远望去，整个村庄像笼罩在一片绿雾里。树多鸟便多，斑鸠、麻雀、喜鹊、野鸽子、白鹤都有，还有一些叫不出名字的鸟儿。白天，只要一走进村庄，便会听到一片悦耳的鸟鸣声。寅生伯家在村庄的最西面，房屋坐西面东，房前是一个很大的院子，房后是一片高大茂密的树林。那三

木槿花開
生生不息
辛巳丙申之䒳
平子敬
白石

株木槿就枝叶葳蕤地长在他家的院子里，花大若茶杯，粉红色，成百上千朵的，热烈地开着。一进院子，我便被吸引住了，不由自主地舍了祖父，围着木槿转。花丛中有很多蜜蜂，嗡嗡嗡，有的在慢慢地飞，有的浮在花上，有的钻进花蕊，功夫不大，又钻出来；还有一两只葫芦蜂，也在花叶间东一头西一头地乱撞。我都有些看呆了。

　　"嗨！"我正发呆，有人从后面拍了一下我的肩膀，一回头，是寅生伯的小儿子学选，我认识他，他曾和寅生伯去过我家。一见他，我很高兴。我问他这是啥花，他告诉我是木槿花。"木槿花能吃的！"学选说。我立刻瞪大了眼睛。见状，学选随手摘下一朵花，去掉花蒂，一把塞进了口中。又摘下一朵，递给我。我吃了，有一丝淡淡的甜味。长这么大，除了吃过槐花外，我还未曾吃过别的什么花，这是我平生吃过的第二种花。学选很顽皮，他看见一只蜜蜂钻进了花蕊，遂迅速用手把花捏拢，摘下，便听到蜜蜂在花蕊中嗡嗡的鸣叫。我也效仿他的样子去做，不想，把花没有聚拢住，结果让慌张外逃的蜜蜂蜇了手，麻麻的，很痛。

　　木槿又名障篱花、朝开暮落花，现在，都市里，村庄中多有栽种，有的地方干脆就用它做了行道树。寅生伯家院落中那三株木槿还在吧？如果在，树身想已有小碗口粗了吧。寅生伯已谢世多年,学选我已有二十多年没有见面,不知他已变成了什么样子。其实,人的一生就好像木槿花,有时,虽处于同一棵树上,但开隙各有其时,所谓聚少离多是也。更何况还不在同一棵树上呢。"人生无百岁,百岁复如何?古来英雄士,各已归山阿。"明人刘基的诗虽为悲愤之作,但大抵也是实话。

  我的乡间好友毋东汉先生家院中有一株木槿,是白木槿,开出的花朵是黄白色的。东汉今年已六十七岁,他一生在乡间执教,写有大量的寓言和儿童文学作品。其为人热情,清贫自守,令我钦佩。一年夏天,我去拜访他,推开他家的门,见他独自一人站在院中,面对木槿沉吟,不久即有他写的有关木槿花的散文诗见诸报端,可见,他也是一个爱木槿花的人。听他说,木槿花可以摘下煲粥,想那滋味一定不会错。可惜,我至今还未曾尝过。

木/瓜/树

去水泉子，最让人难忘的是那两棵千年木瓜树。水泉子在西安东郊洪庆山上，是一个小自然村。村庄在沟道里，为树木所遮蔽，若不着意看，很难发现。尤其是春夏季节，树木繁茂，树叶茂密，水泉子简直就如躲在一片绿云里，就更难被外界所知了。那两棵木瓜树就在村西，离村庄也就是一里地的样子，静静地生长在一块空地上，周围是一大片核桃林和槐林。我是仲夏的一天来到它们的身旁的。记得那天是个周末，天气很好，是下午吧，我正在家里休息，读点闲书，画家张健打来电话，问我在哪里，我说在家。他让我马上下楼，说车已到我楼下。我急忙下楼，见面方知，他已约了画家马卫民、于力，一同去水泉子。这样，几个人一路说笑着就去了。也就是一个多小时的样子，便到了水泉子村。

水泉子村我以前来过，是和我的几位同学，应该是

木瓜树

在初夏，因为那时樱桃刚下来。那次我们到水泉子后，先在公路边的一户农人家吃了顿饭，而饭前，我们看见路边有农人在卖樱桃、杏子，一时嘴馋，买了许多樱桃、杏子来吃。樱桃酸甜，特别好吃。尤其是一种叫做大红灯的樱桃，红中微微透黑，简直就像红灯笼，或者红玛瑙，色鲜肉厚味道悠长，让人吃了还想再吃。而杏子则极酸，许是还没有成熟农人就把它们从树上摘下的缘故吧，每人才吃了那么一颗半颗的，就已酸倒了牙，吃饭时，已没有了多少胃口。饭毕，几个人溜达着顺了一条斜坡，下到沟底，去看木瓜树。一路上，风光确实好，空气清新，树木郁郁葱葱，有鸟雀在叫，但却不见踪迹。倒是见到了很多野鸡，突然扑棱棱地从我们眼前飞起，一边嘎咕地叫着，一边抖落下一根半根羽毛，惊慌地飞到不远处的山坡上。到了村里，房屋大多为老旧的青瓦房，也有楼房，但不多。村民很淳朴，问他们木瓜树在何方，用手向西一指，且言不远，便迤逦地向村西走去。这里确实安静，安静到人像是掉进了井底。手机也没有信号。路边有大片的槐树，还有一片片的竹林，也有一些核桃树、柿树、杏树，树木都有了年岁，高大蓊郁，行走其间，让人还稍微有点胆怯，生怕碰到什么野物。找寻了半天，没有找到木瓜树。四周也没有村民，不好问。加之岔道多，天又落起了雨，雨滴很大,稀稀落落的,我们又没有带雨具,只好废然而返。

而这次,我们汲取上一次的教训,一到水泉子,就直接把车停到路边,向木瓜树奔去。路边田野里,已经有性急的农人收割麦子;脚边的一大片豌豆地,豌豆蔓已经泛白,上面的豆荚也已变老。想起幼年,每逢豌豆成熟时节,我们去偷豆角,嫩者,当场吃掉;老者,回家后用盐水煮熟了吃。那种清香,至今难忘。而光阴已悄然过去了三十多年,昔日的青葱少年,如今头上已有白发滋生,想一想,不能不让人唏嘘。终于到了木瓜树下,一看,果然是两棵老树,树身约有一搂粗,中间已经空朽,中分五六干,戟张着伸向天空,上面是一大片浓荫。浓荫中可见到枣大的小木瓜,一枚一枚地隐在叶间,姗姗可爱。树边恰好有一村民,带一小孩务弄庄稼,问他木瓜树是什么年代的,村民笑着说:"都说是唐代的,谁能说得清。"又在木瓜树前流连了一会儿,待返回时,已然暮色四合矣。归查资料得知,水泉子的木瓜树是唐开元年间,唐玄宗李隆基为了给生病的皇子配药,从南方移植过来的。当时,一共移植过来二十棵,千余年过去,仅余下两棵。树木和人一样,有时故土难迁;有时迁移了,适应了他方的物候、自然环境,反倒更能活,像眼前的两棵木瓜树就是。

其实,木瓜树远非南方独有,我的家乡长安就有。

◎ 草木之间

木瓜树

山东、河南那一带，也应该有，不然，《诗经·卫风》中就不会有"投我以木瓜，报之以琼琚。非报也，永以为好也。"的诗句。幼年，在故乡，我时常也能见到木瓜树。有的种在院中，有的种于井台边，不过，在我的记忆里，那些木瓜树好像都是药木瓜，或者叫观赏木瓜，也能吃，但吃起来很酸，还有一点淡淡的药香。倒是放到案头，或者板柜上，作清供者极多。那些做了清供的木瓜，刚摘下来时绿中泛黄，后来，随着时间的推移，就渐渐变成了黄色。而木瓜的香气，从最初的香气氤氲，也会逐渐变淡。我们家北隔壁张大妈家，就有一棵木瓜树。这棵木瓜树生长在她家的前院里，有一丈多高，铁枝虬杆，树叶茂密，开花时节，常常会招来一帮无事的孩子，到树下玩耍。我们在木瓜树下玩弹球、跳房子、踢沙包、滚铁环、翻三角，还玩斗鸡、老鹰捉小鸡，等等，十分的畅兴。而木瓜成熟季节，我们还会觊觎或俏立枝头，或藏于叶中的木瓜。有时，还会乘大人不注意，爬上树去，偷摘那么一颗两颗的，用小刀分了来吃。那种酸香，至今难忘。张大妈土改时曾当过贫协代表，村里人都叫她张代表。她有一个儿子，比我大。没有老伴，老伴也许是去世了，也许是离婚了，总之，打我记事起，她就是拉扯着儿子过活。张大妈已谢世多年，如今，她的坟头怕已是衰草离离了。不知她家院中的那棵木瓜树还在吗？若还在，怕已有小桶粗了吧？

赵振川先生的弟子、国画家于力是我的一位好朋友，闲暇时，我常去他的画室喝茶。他画案上的盘子里就供着一颗木瓜，我去他的画室，常常能嗅到幽幽的清香。一次，他见我注视案头的木瓜，很神秘地问我："知道这木瓜是从哪里来的吗？"我摇摇头。他笑着说："还记得水泉子那两棵木瓜树吗？"我说你又去水泉子了，他说当然，画画的碰到好地方，哪有去一次就轻易放过的。怪不得他近期的画作里，有水泉子木瓜树的写生呢！

木瓜又名木瓜海棠，叶椭圆，花粉红，果深黄色，具光泽，味微酸涩，有芳香。可入药，又可食用。家乡的土地上，能生长出这样的佳木，也实在是一件令人骄傲的事儿。

八月的庄稼地

我记忆里的八月和散发着泥土气息的青玉米有关，和香气氤氲的瓜果桃豆有关，更和葳蕤蓬勃发疯一样生长的野草有关。蝉鸣林荫，河水潺潺，丽日当空，田野静寂，整个大地像一位端庄的孕妇，一眼望去，让人觉出一种无尽的妩媚和欢悦。而父亲就是在这个季节里去的，去了另一个永恒的世界，这让我对八月更加记忆深刻，难以释怀。

从安然素朴的村庄出发，沿着一条白杨树夹道的机耕路，带着烧纸，带着对逝者的思念，我和弟妹们向村南走去。道路两旁是大片的稻田，水稻已泛出金黄的颜色，垂下了沉甸甸的头颅。有蚂蚱在脚下蹦，一只两只的，扑棱棱，银色的翅翼在阳光下闪光。有鸟雀在树上叫，叽叽喳喳，叫成一团，仿佛树木自己在说话。阳光很好。我们边走边聊，但话多和父亲无关。谁愿把失去亲人的疼痛和对亲人的怀念常挂在嘴上呢？那种心灵深处的隐痛，只有无人的时候，只有一个人静处的时候，或者耳闻目睹到什么与此相关的事情时，才会如水一样，慢慢地洇浸过心头，让人难过、垂泪。其实日常的时候，这种怀想和疼痛，更多的是埋在心底里的。它就像我面前的树木，一年一年的生长，根须也愈来愈粗壮，愈来愈伸向土地的深处，伸进我们心灵的深处。一如我们面前的远山，一如天空的白云和田野四处流浪的清风，是永远的。

但在这样的环境里，我还是想到了父亲，这是不由人的事。究竟，一年前的今天，父亲是怀着对人世的无限眷恋，怀着对这片土地的无尽挚爱和对亲人的挂念，静静地离开我们的。那天，天还下起了淅沥的小雨。这也是这个秋天里的第一场雨。我想到了父亲的音容笑貌，他清癯、慈祥，面如紫铜。他爽朗的笑声，仿佛还在他耕作过的土地上回荡。而他的身影呢，似乎就闪现在玉米地里，出现在水稻田里，有时我甚至疑心，他劳作累了，或许就坐在某一条田塍上，有滋有味地抽烟，歇息一会儿，风正像一个顽皮的孩子，恣意地吹皱他充满汗香味的衣衫。

很快便走到了清澈的小峪河边。这是一条伴随了父亲一生的河。孩提时代，父亲曾无数次地带了我在河里摸鱼逮蟹。记忆中，夏日的夜里，吃过晚饭，拿上手电筒，提上鱼篓，我们便踏着月色出发了。此时，四野虫声唧唧，蛙鼓阵阵，而萤火虫也挑出了它们的小灯笼，在夜色里游荡。那忽明忽灭的萤光，和天上如拳的星星交相辉映，使夏夜显得更加的神秘、美丽。顺着乡间小路，功夫不大，就到了河滩。我们揿亮手电，往水潭中一照，嘀，水中的鱼蟹真多！鱼儿趋光，光到之处，它们便摇头摆尾地游了过来，聚集于手电光圈下，拥挤着不肯离去。用自制的竹网猛然一抄，就可以捞出许多。不过，我们还是把它们放回了水中，鱼儿不是太大，吃了伤生。我们的主要目标是螃蟹。夜间，螃蟹仿佛一下子成了呆子，手电光下，一动不动，用手往水里一掏，便被水淋淋地抓上来，丢进了鱼篓中。于是，空寂的鱼篓顿时就变得热闹起来。大约不到一个时辰，便可捉到满满一篓。有时运气好，还可以捉到老鳖……

"爸爸，你想啥呢？"我正在胡思乱想，走在我一旁的女儿突然问。

"我想你爷爷的一些事儿，"我说，"还记得小时候爷爷教你的一首儿歌吗？"

女儿一脸茫然。

"你得记住。"我说，并随口读出了那首歌谣：

一根草，

顺地跑，
开黄花，
结蛋蛋，
名字叫个歪蔓蔓。

"儿歌蛮好听的嘛。爷爷教过我这首儿歌了吗？那是一种什么植物？"

"不但教了，当时你还背得很熟，可惜你现在忘了。那首歌谣所描述的植物叫蒺藜草。"

女儿有些不好意思。我不怪女儿，女儿在乡间由爷爷奶奶带着时，只有两岁，如今她已出落得亭亭玉立，成了大学生了。

说话间，已来到了一大片玉米地旁。这里是父亲的埋骨之地，一年前的八月二十五日，父亲便被葬埋到了这里。当时，我和乡亲们给父亲挖墓时，玉米已生长得密不透风，并且结出了粗大的棒子。我们不得不砍倒了一大片即将成熟的玉米，才给父亲腾出了一块墓地。那天，被砍倒的玉米散发出来的清甜的气息，浓烈至极，至今还时常在我的记忆里萦回。拨开茂密的玉米丛，费了一番劲，我们终于找到了父亲的墓地。仅仅一年的功夫，父亲的坟头便已长出了半人高的野草，成了真正的青塚。我们那一带乡俗，生前行善的人，他谢世后，坟头会长满青草；反之，则会生满荆棘。见此，我的心里生出无限的欣慰。

　　面对坟头，用棍子在地上画一个半圆，点上蜡烛，祭过酒，我们便齐刷刷地跪下去，给父亲化纸钱。当纸灰如黑色的蛱蝶在晴朗的天空中飘飞时，我似乎感到了父亲从天界注视我的深情的目光。我的心不由颤了一下。父亲长眠之地，东边不远是一条机耕路，南面是一年四季长流不息的洋峪河，河边是一大片树林，树林里时常有斑鸠鸣叫，再往南，则是清荣峻茂的终南山；西边是庄稼地，紧接着是一个大桃园；北边脚下，便是一条清泠的小溪，沿溪是两排高大苍老的树木，再往北就是我们祖祖辈辈生活的村庄，还有少陵原。春有花，夏有月，秋有虫声可闻，冬有瑞雪相伴，想他老人家一定不会寂寞吧。

　　喜欢八月，喜欢八月的原野，更喜欢八月原野上的庄稼地，因为它和我的一个亲人有关。尽管，它曾让我锥心蚀骨的疼痛过。

雨

"昆明人家常于门头挂仙人掌一片以辟邪，仙人掌悬空倒挂，尚能存活开花。于此可见仙人掌生命力之顽强，亦可见昆明雨季空气之湿润。雨季则有青头菌、牛肝菌，味极鲜腴。"这是汪曾祺先生写《昆明的雨》一文中的一段话。写雨而不先及雨，却从仙人掌写起，这是汪先生笔下的活泛处。十多年前，我初读这篇文字，一下子便喜欢上了。以致多年来，一读再读，每读，都有雨声在心灵深处响起。

记忆里的雨是和春天联系在一起的，也是和父亲联系在一起的。

每年的仲春时节，当历经了一冬严寒所勒的麦苗刚刚返青时，家乡的原野上总要落几场春雨。那雨仿佛是揣摩透了庄稼人的心思似的，就在他们最盼雨的时节，就在麦苗最需要滋润的时节，便悄然地降临了。这雨有时在黑夜,有时在白天。听,那沙沙沙的声音,如万蟹吐沫,又如众蚕嚼食桑叶,让人的心如抹了蜜,都要融化了。燕子在春雨里斜飞,它们用黑色的翅翼剪破雨幕,也剪碎了庄稼人旖旎的梦。雨天酣睡,让梦遗落春野,还有什么比这更自在的呢?当然,也有不睡的庄稼人,他们宁愿踏着泥泞,戴着草帽,披着蓑衣,走进田野,嗅嗅泥土散发出的香气,看看雨天里更加碧绿的麦苗,遥想着夏日里的麦香,嘴角就会漾出不易察觉的笑意。在这些雨天里不愿酣睡的庄稼人里,就有父亲的身影。他也悠闲地在野地里转,但更多的时候是给麦田施肥。春雨贵如油,他才不愿意让这金贵的雨水白白流走呢。趁着雨水,把化肥如天女散花般地抛洒进麦田,不至于像晴天大日头那样,给麦田上肥,把麦苗烧坏,这是每一个庄户人都懂得的理儿。父亲当然也懂得这个道理。要不,他怎么会冒雨走进田野里呢。而施过肥的麦苗,自然就如吃饱了乳汁的婴儿,格外的欢实了。

　　记忆里,每当春天下雨时节,还有一个场所,也能见到父亲的身影。这就是院子里的菜园。上世纪六七十年代,土地还属于集体所有的时候,因没有自留地,父亲总会在我家的院子里辟出一块隙地,栽上一两畦韭菜,点上几窝南瓜,种上一些西红柿、黄瓜,还有豇豆、辣椒、茄子什么的,总之,蔬菜的品类很多。这些蔬菜，除南瓜、豇豆需要点种外，其余的，都要买来秧苗，进行移植、栽种。而这些活路，父亲大多都在雨天做。一则因为雨天生产队不上工，有闲工夫；二则是因为雨天地墒足，空气湿润，移栽的植物比晴天好成活。这样，在淅沥的春雨中，我便常看见父亲戴了一顶旧草帽，披一张白塑料布，坐在一张小凳子上，安然的，有滋有味地做着这些活计。有时累了，他会歇下来，或坐在凳子上，或拾起身，伸一个懒腰，抽口烟，喝点水，然后再干。这时呢，往往就有四五只麻雀或蹲在屋脊上，或蹲在屋檐下的墙台上，叫着，歪着脑袋，睁着滴溜溜的眼睛，望着院中。而雨水便顺着瓦松，一滴滴流下，流进瓦垄，顺着瓦檐滴下。我坐在炕上，半靠着窗户，望着窗外的一切，脑中便会想着，到了夏季里，我和弟妹们就会有带着嫩刺的鲜黄瓜吃了，就会有粉红色的西红柿吃了。还有那几窝南瓜，它们会扯出长长的藤，开出鲜艳的黄花，一直顺着墙爬上墙头，结出好多南瓜。甚至，把瓜儿结到邻居张大妈家的院里。

　　不过，自从去年秋天一个落雨的日子里父亲下世后，这些对我，便都已成遥远的旧事了。

园/林/场/往/事

每年大雁开始北归时,我都要随叔父去村里的园林场玩。这个时节,园林场里可谓花事繁盛,美不胜收。先是杏花开放,随后桃花、苹果花也次第开放,或粉白,或嫣红,吸引得蝴蝶在花丛中流连,吸引得蜜蜂不分昼夜奔忙采蜜,也吸引着我在果园里疯跑。园林场是我们村的一个大果园,在村庄的东北角,北临大峪河,有千亩之巨。它的最北边的界线,就是大峪河的河堤。河堤是由脸盆大的石头垒砌的,有一人多高,由西向东,随了河的走势,蜿蜒而去。丽日晴空下,像一条白龙,或者,巨大的长长的手臂,而园林场就静静地躺在臂弯里,如一个憨憨的婴儿,一年四季,做着彩色的温暖的梦。叔父是园林场里的一名技工,上过几个月县里举办的果木培训班,很爱果木园艺。说是技工,实际上他什么活都干,冬天给果树上肥、剪枝,春夏给果树打药、浇水，秋天看守果园、摘果。总之，一年中是手脚不停，忙得像一个陀螺，在季节这根鞭子地挥舞下，滴溜溜乱转。我那时年纪小，还没有上学，便时常随了叔父，到园林场去玩。

园林场里有许多好玩有趣的事。譬如，冬天叔父给果树剪枝时，我便围在他身边，看他一手把住树枝，一手执剪，咔嚓咔嚓，动作流畅地修剪树枝。在如音乐般美妙的剪刀声中，果树的荒枝、败枝，纷纷落下，我便把这些剪下的树枝，帮助叔父捡起来，归拢到一块儿。有时，遇到较高的略大的枝条需要剪断，叔父就会爬上人字形的矮梯上，用一把手锯，慢慢地锯。这时呢，我便不失时机地用双手扶住矮梯，以防梯子不稳，将叔父摔下。每每此时，叔父总要回过头来，爱怜地看我一眼。那目光里有慈爱，有期许，但更多的是欣慰、怜惜。除了给果树剪枝，冬天如果太冷，叔父和工人们还会给果树的主干刷上石灰水，或者，用稻草拧成粗草绳，把半截树干缠绕起来，以此给果树保温，以免果树被冻死。

夏天呢，园林场里则是墨绿一片，由于水、肥、光照充足，果园里显现出一派的生机，桃树碧绿，苹果树粉绿，梨树翠绿，一眼望去，棵棵果树都宛如绰约美少女，风致可人。果园中有金龟子在树间嗡嗡地飞，有知了在叫，有蝴蝶在缠绵起舞，还有色彩斑斓的瓢虫静静地伏在果树叶上。但千万不可被眼前的美景所迷，更不可粗心大意。因为，此时正是各种害虫猖獗之时，也是果树易受旱魃侵害之时，这两项，无论遭遇那一项，果树都会减产。唯一的办法就是打药防虫，给果树勤浇水。这时呢，工人们就会配置好波尔多液，用喷雾器给果树打药。叔父告诉我，波尔多液是用硫酸铜、生石灰和水配制而成的，它是由一个名叫米亚尔代的法国人在波尔多城发现的，因此叫波尔多液。工人们一年中要给果树打三、四次波尔多液，果树刚落花后要打，果树刚坐果时要打，多雨时节也要打，主要给苹果、梨树、葡萄打，可预防果树落叶病、烂心病、果锈病等。桃树是不用打的，桃树对铜过敏，如给桃树喷波尔多液，便会把桃树喷坏。整个孩提时代，我曾多次随叔父给果树打过波尔多液。如果打药那天，我恰好穿的是白衣服，我的衣服上便会有星星点点淡淡的蓝色，而回家后，这个秘密也总会被母亲猜中。母亲总是温和地问："又给果树打药了？"我起初弄不明白母亲是怎么知道的，还以为是叔父告诉她的。及长，我才明白，母亲也曾给果树打过药，她知道波尔多液是天蓝色的。

  时令进入六月，园林场里的果树已普遍挂果，且已逐渐变大，有了一些淡淡的味道。为防孩童和牲畜进园糟蹋，便需人来看管。从这时开始，一直到秋末果园净园，叔父便很少回家，他吃住大多都在园林场里。这段日子，我也很少去园林场，因为场部有规定，不准闲散人员进园，我只能眼巴巴地盼着叔父回来。尽管有规定，但叔父有一次还是破例把我带进了园林场，而且在果园里住了一夜。那次，我除吃了一肚子桃子、苹果、梨、葡萄外，还难得地在搭起的高架棚上做了一次守夜人。我起初随叔父到果园里巡视了一圈，随后便回到高架棚上，边看夜景边和叔父瞎唠嗑。果园里的夜晚棒极了，夜风吹着，看满天如拳的星子眨巴着眼睛，听着各种昆虫的合唱，你会觉得这样的夜晚真是美妙极了，也神秘极了。唯一让人不耐的是蚊子太多，这些蚊子都是荒草中生出的饿蚊子，遇人猛叮，一叮一个大红疙瘩，特厉害。但叔父有的是办法，果园就建在河滩地上，多的是蒿草。把蒿草刈倒，晾干，拧成火绳，临睡前在高架棚下点燃，会散发出一种辛辣味，蚊子一遇到这种烟味，便会四散逃窜。这样，我和叔父也就不惮蚊子的叮咬了。

　　1982年，我离开家乡到西安上学，从此，便再没有去过园林场。只是在偶尔回家时听叔父讲，村里把园林场承包出去了。后来，园林场几经易手，因承包人只顾产出，不进行投入，又疏于管理，园林场变得越来越不成样子。先是果树大量死去,后是承包人看到种植果树利润不大,干脆把部分果园毁掉,开挖成鱼塘,建成采石场,这样,园林场便几乎被毁坏殆尽。叔父每次提及园林场被毁一事,常常痛惜不已。2010年春天,正当桃花满天红的时节,叔父却因病悄然离开了人世,静静地躺在了家乡的蛟峪河畔。得到叔父谢世的消息,我想到幼年随叔父到园林场的那些往事,不由怆然泪下。叔父的墓地在村南,尽管离园林场很远,但幸运的是,墓地的西边却有一片他一生挚爱的桃林,想他在另一个世界里,也不至于太寂寞吧?

植/物/园

在所有的园林之中，我最喜欢的是植物园，我最爱去的也是植物园。是喜欢植物呢，还是贪图清静，抑或别的什么原因，我说不清楚。反正没事了，总爱一个人，或者和朋友去那里面晃荡，喜欢瞧里面的景，嗅嗅草木散发出的气息。

西安的植物园在翠华南路。从我的居住地西何家村出发，沿含光路、纬二街走，到达著名的大雁塔，然后折而沿翠华路南行，两站路的光景就到了。步行也就是四十多分钟，坐公交车或打的就更快了，不堵车的话，一刻钟即到。二十多年前，我在西安上学时，周末无事，常和三两个要好的同学，结了伴，骑上自行车，到植物园去逛。那时，南二环路还没有修建，翠华北路和南二环相交处，还是一个巨大的污水渠，渠里彻年四季流淌着浓稠的黑色的水；渠的两边则是密匝匝的树木和

○ 草木之间 植物园

菜地，那些树木无论春夏秋冬，都是绿森森或黑黢黢的，望去有些怕人。我们学校虽就在渠的跟前，渠边也有一条小路，但因为太僻静，很少有人到那里去。就是春夏两季晚饭后同学们散步，仿佛有了默契，也不愿到渠边去。事实上，就在我们上学期间，渠边就曾发生过凶杀案，有一位姑娘不知道什么原因被杀死在这里，警察还到我们学校和公路学院调查过呢。翠华北路如此，翠华南路也繁华不到哪里去，街面逼仄不说，沿途还有大片的荒野。荒野上的蒿草能长半人多高，时不时还有野兔在里面出没。故而，为了免于被伤害，我们结伴前往就显得非常必要。记忆里，除了一些特殊的日子，诸如牡丹展、郁金香展等，那时植物园里的人并不多，和眼下没有两样。到植物园游玩的大多是学生、情侣和老人，也有一些孩子，但多是由大人带了来转。游玩的人也以春天居多，过了这个季节，来的人也就少得多。我们去植物园也多在这个季节，似乎也不怎么转，去了只是找一个幽静的地方，席地而坐，有时喝喝啤酒，胡乱谝谝，或弹一阵儿吉他，有时干脆什么也不干，就半躺在草地上，望天边的白云悠悠飘过，看池中的荷叶在微风中摇曳，听树枝间的鸟儿婉转地鸣唱，心中没有一丝哀愁，只有无限的欢畅。

后来我大学毕业了，分到一家企业工作。记得是

1986年的春天吧，也是一个周末，我当时的女友如今的妻子突然来了兴致，想到植物园一逛，便乘车去了。那天同去的还有我的一位姓孙的同事，他带着当老师的夫人和女儿。他的女儿和我们年纪相仿，也在青春年龄，因为她父亲的缘故，我们彼此认识，且谈得来。这样的组合，去游植物园，自然其乐陶陶，惬意无比。那天我们难得的有雅兴，把植物园全转了一遍，看竹林，看牡丹，看松园，赏荷观玉兰，望茑萝如绿瀑一样挂下。如今记忆最深的是，我和女友在一株菩提树下站了很久。以前，我们俩都不认识菩提树，那天看了树上挂的牌子，才知道了那生有大大的椭圆形的叶子的就是菩提树。一时，我们都无言，只是彼此互望着，在树边站了很久，似乎想了很多事，又似乎什么也没有想。这时，不知什么鸟就在头顶叫了，那声音清亮流利，如小溪之水，一下子覆没了我的心田。我抬眼去寻找那鸟儿，四周都是树木，树叶很密，毫无踪迹。但那声音二十多年来，却一直在我的心头回荡。莫非那鸟鸣来自上天，想要向我们证明一些什么吗？

自打那次和女友逛过后，植物园像一个人，忽然间好像和我走失了。多年间，我再没有踏进过植物园。只是偶尔在心中不经意地想起。但想起了也就是想起了，我丝毫没有要去的意思。是生活、工作太累了吗？也不是。总之，是没有了那个心境。

再次去植物园，已经是近两三年的事了。大概是前年的冬天吧，刚下过一场雪，一日上午，不知怎么的，便想到公园转转，一想，还是去植物园吧。就约了一个朋友，步行去了。也许是下雪的缘故吧，园中很清冷，少有游人。这正合了我的心性。我便和朋友在园中随意地转。雪后的植物园整个是一个水晶的世界，到处是一片银白，路、树、植物、亭台、房屋……一切的一切，似乎都变得干净起来。阳光照着，银白中泛出红光，美丽极了。间或有雪盖不住的地方，露出一些植物绿色的影子，也让人觉出一种无言的静穆。在池塘边，我看到了头顶积雪的干枯的荷，荷叶残破，如收拢了的伞；莲蓬发黑，似一个个倒扣的喷水壶嘴。尽管它们东倒西歪，有的甚至委身泥塘，但那坚硬的梗，还是不屈不挠地挺着。

朋友说："原来冬日的荷塘这么荒凉！"

我说："荒凉吗？"

朋友望我，我没有说什么。其实，生命就是这样一年一年地轮回着，死亡即是新生，新生也就意味着死亡。在破败的荷叶下，在乌黑的淤泥下，我知道新的生命此时就正在孕育。待到明年春天，便又是一池田田的荷叶，一枝枝怒放的粉红的荷花。

我们还在园中发现了两棵紫薇。想起白居易在周至为县尉时，春日寂寞，面对盛开的紫薇花，写下"紫薇花对紫薇郎"的诗句，便觉得很亲切。在以后不断的造访中，无论春天面对灼灼繁花，还是冬日面对光秃秃的枝桠，我都要在这两棵紫薇树前逗留一番，用手搔一下树身，看这俗名"痒痒树"的紫薇，是不是会颤动。可搔挠的结果，也是每次不同，有时动，有时不动。是紫薇老迈了吗？或者是风偶尔吹动了树枝？我说不清楚。

还见到了盛开的腊梅。那淡淡的馨气，即就是严冬，也引来了许多蜜蜂在嗡嗡地采蜜。

今年冬天，我去植物园转时，在银杏园里，我还惊讶地发现了两个久违了的斑鸠窝。这两个鸟窝就建在两棵银杏树的树梢，我一眼就看到了它们。它们让我惊喜不已。惊喜之余，我也心生忧虑，这些斑鸠也太大意了，竟然明目张胆地把窝筑在树梢，它们只知道猫狗爬不上来，对它们构不成伤害。它们就不知还有贪婪的人吗？幼年，在乡下，我也曾见过斑鸠窝的。这些窝都建在人迹罕至的大树上，而且都筑在树的背面。除了孩子们着意去寻找，一般人是找不到的。我在惊诧之余想，是不是眼下城里人都变好了？变得善良了不虚伪贪婪了？我不知道，我只知道，植物间没有争斗，它们虽没有进入佛的法眼，但其实它们是最有佛性的。

就在我这样胡思乱想的时候,恰好一阵风吹来,一地的银杏叶便哗啦啦地翻飞。风中,我感到我所熟悉的植物们,似乎打了一个冷颤。而植物园此时愈发地显得静寂了。

蜻蜓在荷叶上飞

汉代相和歌辞《江南》曰：江南可采莲，莲叶何田田。鱼戏莲叶间，鱼戏莲叶东。鱼戏莲叶西，鱼戏莲叶南，鱼戏莲叶北。简直是一首天籁之作，它不仅写尽了荷叶的娟美，而且间接地写出了荷花的明艳、美丽。这首诗，还向我们透露了一个信息，即远在汉时，我们的祖先已广泛地植莲种荷，我们美丽的江南水乡，已有了荷叶摇红的景致。

荷香随清风飘荡，穿越历史的隧道，穿越岁月的烟尘，丝丝缕缕，一路飘来，一飘就是两千多年。如今，不唯燕子斜飞的江南，就是风沙扑面的塞北，也已有了荷的倩影。

我的故乡樊川，就是一个种荷的好地方。

长安居，大不易。其实，这只是在唐代，长安作为都城，对外埠人而言。真正的长安，可以说是沃野千里，百姓殷富。长安这一名称，是老百姓对安居乐业生活的一种祈盼，但也是一种现实的存在，决非虚语。我的家乡樊川，就包孕在这片沃野里。樊川地处长安城的南部，它背靠少陵原，南揖终南山，西依神禾原，是典型的盆地地形。这里河汊众多，土丰林茂，宜稼宜穑，且风景秀丽。汉代曾是刘邦的大将樊哙的封邑。樊哙乃屠沽之辈，却能凭血气之勇，追随汉高祖逐鹿中原，最终功成名就，封得一片美地，着实令人羡煞。

  我出生的村庄叫稻地江村，单听这名字就知道是一个充满水意的地方。事实上，我们村庄的周围确实有很多河，能叫得上名字的就有大峪河、小峪河、洋峪河，此外，还有许许多多的小河汊，仅村庄里，就有三条小溪，粼粼地泛着波光，潺湲地流过。春夏，雨水多，河水丰沛，荇草摇曳水中，如婀娜美妇扭动细腰，顾盼生姿；秋冬，河滩上芦荻瑟瑟，水柳殷红，再缀以丝丝缕缕的白雾，衬以林寒涧肃的终南山，那简直是一幅绝妙的山水画，或高士隐居图。水多则宜稼禾生长。尤其是夏收之后，水稻就成了秋庄稼中的主打作物。夏日的黄昏，夕阳衔山欲坠，霞光映红村庄，村庄如一个憨憨的婴儿，静静地卧在那里。它的周围是无际的碧绿的水田，蛙鼓阵阵，水声汩汩，蝉噪林阴，那景致确实令人沉醉。辛弃疾所言江南水乡的"稻花香里说丰年，听取蛙声一片",我想其情、景、境不过如此吧。

而此时呢,最令人迷醉的还是,大片大片的荷田撑满了绿伞,绽放出一枝枝秀出水面的荷花。晚风吹拂,暗香浮动,馨香十里。

荷是我们家乡的叫法,南方称为莲(前面提到的汉相和歌辞可为证)。它作为一种既可食用,亦可观赏的植物,被广泛地种植着。我们那一带植荷大约在春四月左右,此时,麦子抽穗扬花,野鸡咕咕作鸣。千红落尽,喧闹的春天刚刚过去,东南风吹着,初夏的脚步,姗姗而至,大地上是一片彻天彻地的绿,田野绿,道路绿,河滩绿,山头绿,就连村庄亦被树阴所盖,炊烟袅袅,像笼在一个温婉的梦里。而乡人呢,此时便忙碌开了。他们在去冬预留的田地里,四周砌上田塍,然后引来渠水,活活地放入田中。倾听着黝黑的泥土滋滋的吸水声,农人把锹插进泥土里,让它直直地竖着,然后取出旱烟袋,挖烟点火,吧嗒吧嗒地抽着,悠然地望着田中的流水,望着扬花的小麦,望着蓝天白云,远山近树,笑意便轻轻地浮上了眉梢。功夫不大,田中的水已足,闸上水口,用钉耙把地耙一遍,一块镜面样的水田便已做成。之后,农人把预先准备好的农家肥,一筐一筐地提入水田中,堆作一个个小坟丘状,再给这些肥堆中埋入莲菜种,荷田便做好了。

之后，飞鸟便来光顾。

之后，便可见到孩子们嬉笑的身影。

荷田静静，有白云悠悠飘过，有绿树的倩影在里面婆娑，却唯独不见农人的影子，他仿佛把这块荷田给忘记了。

其实，农人并没有忘记，他们心里有数。七八天后，或清晨，或黄昏，他们一定会到荷田里去转。此时，如预想的那样，他们会在如玻璃一样透明光滑的水田里，发现许多刚露出水面的小荷。那小荷尖尖的，如小儿之拳，若碧玉刻成，绿莹莹的，星星点点的，缀满田中，似新开美妇之面上的饰花，让人爱怜。

而蜻蜓这时就出现了。它们似乎是躲在夏日某个角落里，一待小荷露头，便悄然地飞临，或栖于小荷之上，或在阳光下抖动着翅翼，在荷田上空飞舞、盘旋。给荷田凭添出许多诗意。

"荷花红，荷叶绿，

荷田上面蜻蜓飞……"

唱着我们自编的儿歌，一俟放学，我们一帮小男孩，就穿着短裤，光着脊梁，赤着脚板，踩着光溜溜的田塍，在荷田周围转悠。

捉蜻蜓，是我们最爱玩的游戏。

我们家乡的蜻蜓有很多品种，最常见的主要有四种，一种是红头红身白翼的红蜻蜓，个头儿不大，大约有一根火柴棒那么长，但特别美丽。尤其是在正午的阳光下，红蜻蜓抖动银翼，在荷田上空飞翔，天蓝水清，简直就像一个童谣组成的梦，让人望之迷醉。还有一种是绿蜻蜓，它的通身是暗绿色的，暗绿中还间杂着一些淡淡的麻点，不大好看，也不招孩子们喜欢。还有一种麻蜻蜓，通身是麻褐色，个头有一支香烟那么长，脑袋也大，很凶，被捉住后，愣不丁会咬人一口。孩子们似乎特别恨这种蜻蜓，要么就玩死后喂蚂蚁，要么就折断翅翼，活活地喂了大公鸡。有更恶作剧的男孩，甚或拔下芭蒿草的花儿，将长长的细茎插入它的尾部，然后一松手，麻蜻蜓就仿佛身后带着一个风轮，拼命地向天空飞去，一会儿就飞得没了影子。这种蜻蜓生命力之强，力气之大，由此也可见出一斑。还有一种黑蜻蜓，我们又叫它鬼蜻蜓，或者黑寡妇，通身漆黑，连翅翼也是黑的。常常静静地栖息在荷田边比较阴湿、僻静的地方。这种蜻蜓比较安静，如不受外界惊扰，就总是浮在荷叶上、草叶上；若遇到外界惊扰，便会扇动翅翼，缓缓地飞离。其飞翔起来有舞蹈之妙，可惜身上似乎总有一种鬼气，孩子们有一点怕它，从来不敢捉了它来玩。

　　捉蜻蜓也有技巧。正午和下午都不易捉到，蜻蜓是复眼，周围三百六十度它都可以看到，可谓眼聪目明。

◎草木之间

蜻蜓在荷叶上飞

捉蜻蜓的最佳时间当在每天早晨和黄昏。清晨，太阳刚刚升起，露水还没有退去，蜻蜓翅翼被夜露所湿，所谓"露重飞难进"，不唯飞不动，且飞不高，常常静静地伏在荷叶或水稻叶上，只要能觅得它的踪迹，一捉一个准。黄昏，太阳落山，远山含黛，夜色如水，弥漫了村庄、原野，此时，蜻蜓的复眼为夜色所限，视物模糊不清，停止飞翔，栖在植物的叶子上，极易捕捉。且在我的记忆里，蜻蜓似乎特别流连荷田，从荷叶出水，到荷叶如盖如伞铺满水田，总能见到蜻蜓密密的影踪。这也许就是古往今来许多从事绘事的人，为何爱画蜻蜓荷叶图的原因吧。

其实，吸引我们到荷田边的还有一个原因，就是荷田里多鱼虾，还有鳝鱼、老鳖。上一个世纪七八十年代，农药、化肥还没有被广泛使用，加之荷田、稻田中的水都是经过堰渠，来自大河里的自流水，故而，田中的水未被污染，水族生物很多，摸鱼捉虾，就成了我们的另一项重要活动。

荷叶摇露的清晨，田水尚凉，水族大多栖息巢中，只有青蛙不惮水冷，噗嗵噗嗵地从田塍中跳入荷田里，水中便荡起一阵阵涟漪，荷叶荷花便被搅得一阵阵乱颤，似起过一阵轻风，也不知道它们在呱呱地叫着，忙些什么？夏日正午，骄阳似火，荷田里水温升高，水族类生物相继出笼，鳝鱼探头探脑地从洞中溜出半个身子，轻轻地吐着气泡，睁着一对绿豆大小的眼睛，逡巡觅食。偶受惊吓，便会悚然缩身于洞。不过，孩子们有的是办法，找准洞口，他们会用赤脚来回在洞口捣弄，不一会儿，就见洞口周围的某个地方，有浑水缕缕溢出，接着便见鳝鱼的尾身慢慢露出，原来，鳝鱼被浑水呛得受不了，试图从后洞逃逸，不过，它万万想不到，孩子们正虎视眈眈地望着它呢。伸出中指，轻轻用手一夹，鳝鱼就成了孩子们的篓中物。寂静的正午，老鳖也往往从荷田中爬出，上到田塍上晒盖，如发现，万不可鼓噪而进，否则，它会噗咚一声跳进水里，转眼间遁入莲丛中没了踪迹。想要捉住它，只有赤脚无声前进，并迅即将它按住，随手提起，将其抛到远离水田的地方，这下，老鳖就没了辙，只好蠢蠢然缩作一团，做了我们的猎获物。但老鳖十分狡猾，十分难捉，在我的记忆中，常常能捉住它们的，只有看水的水倌。他们整个夏季都在水田边游转，对老鳖的踪迹了然于心，且富有捕捉经验，往往一击而可奏功。此外，用稗草钓青蛙，偷偷下到荷田里摸蜗牛，都是我们常干的勾当。至于摘下荷叶当帽子顶到头上，摘下荷花拿回家插到花瓶中玩，虽为大人们所禁止，我们也是偷偷摸摸，屡干不爽。

大约在1973年前后吧，我们公社来了一位姓商的书记，此公好标新立异，且好大喜功，竟冒村人之大不韪，推广什么三六播带，即把所有的水田都变成旱田，不种水稻、荷，而种玉米、高粱，且只许种六米宽的庄稼，中间空出三米地用作通风透光。胡说什么玉米、高粱高产。村里人尽管进行了顽强的抵制，但终究胳膊拧不过大腿，被迫种上了玉米、高粱。这一年的夏天，蜻蜓少了，青蛙少了，荷田无踪无影，秀美如江南的村庄，一下子少了许多生趣。可笑的是，当年的秋天，玉米、高粱并没有丰产，农人却是备受其害。所幸的是，那位姓商的官人第二年被调走，村里人立马恢复了原来的耕作模式，于当年夏天起塍引水，植荷种稻。那位商官人后来竟官运亨通，步步高升，但乡人至今提起他当年的愚蠢举动，尚疵议不已。害民一时，老百姓有时会记恨一辈子的。

宋人张商英诗云："莲花荷叶共池中，花叶年年绿间红。"其实，这只是诗人的一厢情愿。人生天地间，匆匆不过百年，长虽长矣，但较之整个宇宙，则如电光石火，瞬息而逝。时变物移，是再平常不过的事，哪里会花叶年年绿间红？即就是花叶年年绿间红，但此花叶已非彼花叶。昔有僧人问云门宗著名禅师智门光祚："莲花未出水时如何？"师曰："莲花。"问："出水后如何？"答："荷叶。"虽为见佛见性之说，但白云苍狗，斗转星换，那份心中的无奈、岑寂还是隐约可见的。即就是我记忆中的荷田，在我离开家乡二十多年后，由于乡人的挖沙取石，致使河床降低，水田减少，植荷种莲之风亦没有昔年的繁盛，而荷田虽还有不少，亦复没有了往昔片片相连的壮阔。不久前回乡下，途经一所学校，听孩子们唱《红蜻蜓》："晚霞中的红蜻蜓，请你告诉我，童年的时候看见你，是在哪一天……"不觉唏嘘。

我看见蜻蜓在荷田上飞是在哪一天呢？我回答不出。只看见车窗外桃红柳绿，麦苗青青，夏日的脚步愈走愈快了。依稀间，似乎有缕缕荷香飘来……

丝瓜

在饭店吃饭，我总喜欢点一道清炒丝瓜。试想，山珍海错的吃了半天，忽然间餐桌上有了一盘清炒丝瓜，碧绿鲜亮，清香四溢，那情景管保会让人胃口大开，多叨上几筷子。若在三十年前，这种情景，是绝不会出现的。甭说那时我无钱上饭店，就是有钱上，我肯定也不会点这道菜，原因嘛，我不懂食丝瓜。我的故乡在长安樊川，南行三四里地，就是著名的终南山。这座山自打《诗经》产生时，就已经很有名了，"终南何有，有条有梅。"指的就是此山。至于以后，这座山简直被历代的文人墨客歌咏滥了，若编纂成集，煌煌几大本肯定是有的。但就是这么一个地方，这里的人们却是不食丝瓜的。在我的印象里，乡人种了丝瓜，主要是为了观赏和秋后那些丝瓜络。

记忆里，家乡人种丝瓜多种在墙边或者菜园里。春

草木之间

丝瓜

天，墙根篱落间，或者菜园里，刚好有那么一块儿空地，又恰好有那么一些丝瓜种子，便趁着下雨天种了。不久，丝瓜便破土而出，发了芽儿，扯了蔓儿，沿了篱落，爬呀爬的，爬到了墙头，爬到了瓜架顶。丝瓜叶也变得肥大起来，碧绿碧绿的，像孩子伸出的手掌，随了风，在墙头、瓜架上招摇。夏天来了，丝瓜开花了，黄色的花，一簇一簇的，如闪亮的火焰，开在碧叶间，把人的眼睛都照亮了。蜜蜂来了，蝴蝶来了，金龟子来了，还有葫芦蜂，也来了。这里面顶有趣的就数葫芦蜂了。葫芦蜂身体有成人拇指蛋那么大，通体黑色，飞动起来笨笨的，它一落到丝瓜花叶上，花叶就会剧烈地颤动，我老疑心它会从花叶上掉下来。但事实上，它一次也没有滑落下来，这让我白担了半天心。丝瓜坐瓜了，起初仅一寸许的小柱儿，慢慢的，瓜儿变细了变长了，瓜身上有了黑色的条纹，顶上还结着黄色的小花。蝉声起了，蝉声愈来愈急，丝瓜在盛夏里疯长，腰身逐渐变粗变长，有的粗若小儿臂，长达一二尺。自然这时顶端的花已枯萎了，谢了。秋风起了，丝瓜由绿变黄，最后在秋风中干透。摘下丝瓜，用剪刀拦腰剪断，用手捏捏，抖搂净丝瓜里的籽儿瓤儿，就成了一个个丝瓜络，以之涤碗涤锅，再好不过。

吃丝瓜，应在盛夏或初秋时节，这时，丝瓜尚嫩，挑拣一拃多长的，摘下，用带棱的竹筷，或者碎瓷片，轻轻刮去丝瓜外面的嫩衣，然后上锅清炒，或者加调料、蒜茸、粉丝清蒸，皆好吃。做汤亦妙。不过，丝瓜的老嫩需掌握好，太嫩，没有吃头；稍稍变老，不但口感不好，也没有了那个鲜劲。我在家乡生活的那些年月里，曾在我中学的一位同学家里，吃过一次清炒丝瓜，那简直是美妙极了，时隔多年，我至今难忘。那是一年的夏末，我们那里过忙罢会，眼看明天就要过会待客了，我同学家的菜蔬还没有准备好。那天下午，我刚好在他家，我说现在上集已经来不及了，你明天待客的菜咋办呢？他说没啥大不了的，做一盘炒丝瓜，不就得了。我听了，当时就瞪大了眼睛。我说，丝瓜还能吃呀？他说能呀！不信的话，我晚上给你做一盘尝尝。当晚，他果然去家中后院摘下几条嫩丝瓜，收拾了一下，做出一道清炒丝瓜，我尝了一下，糯而软，鲜而香，好吃，我一个人就吃了一大盘。自此，我才知道，丝瓜还可做菜蔬吃。

我大量吃丝瓜是在进城以后，假日随妻子到市场上买菜，才发现好多菜摊上都有丝瓜售卖，我大吃一惊，敢情城里人都爱吃丝瓜呀！菜摊上的丝瓜成色虽不及乡下的好，但也还过得去，我就怂恿妻子买回家做了吃。这一吃，就成了家中的日常菜，隔三岔五的，我家的餐桌上，总能见到丝瓜的影子。自然下饭馆时，我也常点这道菜。时间久了，家里人和朋友都知道我喜好吃丝瓜。不过，丝瓜似乎不宜和肉同炒，和肉同炒，就少了那份清淡的味儿。

丝瓜除了可食外，还有别的用途，譬如药用等。李时珍在《本草纲目》中，就曾记录下了二十多种验方，诸如将老丝瓜烧成灰，可治风热腮肿、手足冻疮、血崩不止等等。这都是古人的经验，现在，医学发达了，就连乡间，恐怕也很少有人再用这种药方了。丝瓜还可涤釜器，以之洗碗洗锅，既环保还好用。读《老学庵笔记》，见其中记载曰："丝瓜涤研磨洗，余渍皆尽，而不损研。"古人风雅，除了吃丝瓜外，还想到了用丝瓜络清洗砚台。今人就无此风致，我见过写字画画的人多矣，从未见过，也从未听说过，有谁用丝瓜络涤洗过砚台。从这一点来看，还真有点今不如昔的感觉。

杜北山《咏丝瓜》："寂寥篱户入泉声，不见山客亦自清。数日雨晴秋草长，丝瓜沿上瓦墙生。"夏日或清秋之夜，和二三好友，闲坐乡间小院丝瓜架下，一壶酒，一杯茶，山肴野蔌，杂然前陈，浅酌细品，随意闲话。当此时也，朗月在天，清风徐来，虫声四起，香气满怀，足可抵十年尘梦。

茄子

盛夏时节，天气燠热，百物难以下咽，忽然就想到了茄子。晚饭时，如果有一盘酸辣可口的凉拌茄子，就着薄粥，缓缓而啜，那该是一件多么惬意的事呀。小时候在乡间，每逢夏季茄子下来时，我没少吃过凉拌茄子。凉拌茄子的做法很简单，先上锅将洗净的整个茄子蒸熟，剥去皮，将茄肉一绺一绺撕下，堆入盘中，加蒜泥、油泼辣子、葱花、盐醋、麻油，拌匀即可。凉拌茄子很好吃，软而濡，又有一点儿嚼头，是佐粥的妙物。下酒亦妙。傍晚时分，搬一张方桌，放在新洒过水的庭院，天空一弯朗月，下山风吹着，夜色中，或三两好友，或一人，就着茄子，把酒慢饮，想一想，都让人神往。祖父在世时，就喜欢这样一个人独饮，三四两老酒下肚，看着他怡然的样子，我羡慕的不行。

在乡间生活的那些年月里，我最喜欢去的地方，就是生产队的菜园子，那几乎是一个乡村孩子的乐园。我们队的菜园子在村南，园子的南面紧邻着一条洋峪河，西面则是一个大桃园。菜园有五亩地大，里面种满了各种蔬菜。春天，青草泛绿，各种蔬菜也破土而出，开始只是几片稀疏的小叶片，几场春雨，几度春风，菜园里已是葳蕤一片，生机盎然了。园中的蔬菜若用油沃过，旺盛的不得了。而百花也不失时机的开了，金黄的蒲公英，白色的碎碎叨叨的荠菜花，蔚蓝如火焰的苦苣儿，红艳艳的麦瓶花……都是一些野花，生长在菜畦间，把人的眼睛都照亮了。蔬菜这时也有开花的，如油菜花、芥末花，但好像并不多。它们大量开花在夏秋。各种瓜类的，如南瓜、黄瓜、笋瓜、西葫芦、丝瓜，就不用说了；辣椒、豆角、韭菜、大葱、豇豆，等等，也多在这个季节开花。茄子也在夏秋开花。茄子花是紫白色的，有点发蓝，开在肥大的叶间，样子很好看。茄子开花是陆陆续续的，开着落着，就有小茄子渐次生出。起初，小茄子像一个个小紫色的橄榄球，挂在茄树上，掩映在硕大的叶间，但也就半个多月的功夫，茄子便长得肥硕起来，如一个个胖乎乎的娃娃，茄叶再也遮蔽不住它们了。茄子便会被人们摘下，拉到集市上卖掉。茄子多为浑圆形，也有长条形的，若小儿臂，长达半尺。至于颜色么，多为紫皮，不过，现在也有了绿皮的，这也许是品种改良的缘故吧。

　　茄子有多种吃法，除了上述凉拌茄子外，茄子炒豆角、红烧茄子、油炸茄子，都不赖。小时候，我在农村还吃过生拌茄子。将茄子洗净，切成细丝，加上剁碎的青辣椒、蒜末，调上适量的盐醋，用手反复地抓一抓，然后上桌开吃，味道绵软可口，喝粥下饭皆宜。多年后，读一些植物类的闲书，我才知道，茄子不宜生吃，因为其中含有龙葵碱，生吃容易中毒，会出现腹胀泻肚症状。但家乡人至今还在这么吃着，我也还在这么吃着，情况似乎也没有那么严重，也许是吃的少的原因吧。贫困年月里养成的一些习惯，今生怕是不易改掉了。茄子还可以蒸包子，茄子包子无论是城里人，还是乡下人，似乎都喜欢吃。我母亲善于蒸茄子包子，她老人家每次做这种吃食，我都要趁热吃上三四个。茄子除了好吃，还具有清热活血、消肿止痛、降低血压的功效，长期食用茄子，可以说好处多多。用冬天地里的茄子枝叶煮水，泡洗治疗冻疮有奇效。少年时，由于贪玩，冬天里我常和小伙伴们在旷野里疯跑，结果手脚生出冻疮，疼痛不已。母亲发现后，一边爱怜地责备着我，一边领着我，赶到生产队的菜园子，拔一捆茄子秧，煮水替我清洗，往往清洗过两三次后，我的手脚就会光鲜如初。

茄子又名落苏，南方称为矮瓜，来自印度，种植时间很久，据称南北朝时期已有栽培。但至少在宋代，已应被广泛种植，宋人郑清之就曾写过一首有趣的咏茄诗："青紫皮肤类宰官，光圆头脑作僧看。如何缁俗偏同嗜，入口原来总一般。"说茄子圆乎乎的样子像和尚的头，这个意象很新奇，也很有意思。清代画家金农据此诗，还曾画过一幅茄子图，并把第二句诗题到画上，让人看了忍俊不禁。郑清之说茄子滋味一般，我看未必。他之所以这样说，要么是不会做，要么是不懂食茄，否则，为何僧俗都喜好吃的茄子，他偏偏要说滋味一般呢？

里/花/水/的/花/事

　　里花水在西安西南方，距市中心约十五六公里，南三环、西三环在此交会，原来应是一个村庄吧？但如今已没有了村庄的影子，不唯高楼矗立，道路笔直，就连车辆、行人也渐渐地多了起来。在西安工作生活了三十多年，我从未听说过里花水这个名字，也不知道偌大的西安地区，有这么个地方。我第一次听说里花水，当在前年吧。这年的五月初，单位搬迁到此，我才得知有这么个地方，并在其后的日子里，逐渐地熟稔起来。里花水这个奇怪的名字究竟是怎么来的？它其中的含义是什么？有什么传说和故事？我先后问过好多人，都说不清楚。我也就只好糊里糊涂地在此工作着。好在这里比较僻远，还未完全跟上城市化进程的脚步，人少，街宽，路边的绿化又好，上下班无事，行走在这样的道路上，吹着不同季节的风，看着植物的变化，连心也觉得宁静了许多。尤其可喜者，这里植物的花，你方开罢我登场，好像一年四季，都在开着花，花事繁盛，让人感觉是生活在花海里。

　　里花水的植物很多，人工的，野生的，少说也在二三十种。这些植物，有的开花，有的不开花。单说开花的植物。

　　大多数植物，应该都在春天里开花，而最早开放的，应是迎春吧。里花水地区迎春不多，零星的迎春多分布在一些单位的院落里；南三环的绿化带中，似乎也有一点，但就是这些有限的迎春，花开时节，金黄灿烂，还是让人的眼睛一亮。迎春在二月开放，花季很短，还没有咋看，就谢了。到了三月份，就热闹了，各种花儿次第绽放，争奇斗艳。玉兰算是较早踏着春风的足迹绽开的，白色的玉兰花，如一只只洁白的鸽子，煽动着翅膀，"扑棱棱——"在蓝天下翱翔。它刚刚飞翔累了，要歇息一下了，广玉兰就上场了。广玉兰的花有些近似于粉红色的郁金香，在春风里招摇起来，样子也很迷人。和玉兰同时节开花的还有红叶李，红叶李花极碎，粉粉的，没什么看头，不过一排树同时开，花便有些像海洋，那阵势也很壮观。接着有金黄的连翘，有白色的梨花，有胭脂色的桃花，暗红色的碧桃花，它们也在此时开放。

好像是一夜间的事儿，紫荆还带着去岁的刀形果实，就大喇喇地怒放了。紫红的花朵，挨挨挤挤的，开满了铁色的无叶的枝桠，把周围的天空都照亮了。丁香和刺玫，也是在这一时段开放的。丁香花大放时宛然一梦，白的，紫的，碎碎的，一团一团的，浮在鲜嫩的绿叶间，香气浓郁的能让人背过气去。不过，若在月明之夕，隔着一段距离，又恰好有微风吹过，丁香的浓香得以稀释，呼吸一下，那种香味，还是很醉人的。我总觉得丁香花香的有些过分。我不知道戴望舒当年写《雨巷》时，何以会写出，"撑着油纸伞，独自/彷徨在悠长、悠长/又寂寥的雨巷/我希望逢着/一个丁香一样地/结着愁怨的姑娘"，难道他不嫌丁香花有些浓腻？也许江南多雨，早已把丁香的香气过滤掉了一些吧？刺玫花鲜艳无比，它们都是一朵一朵的，如酒盅般大小，虽也伴着绿叶开，但刺玫花好像是一个个羞涩的姑娘，多藏在绿叶下，半遮半掩，欲言又止的样子，实在令人爱怜。三月底四月初，最值得一记的是樱花。里花水的樱花树很多，锦业路上、锦业一路、二路上，多植有樱花树，花发时节，粉红色的樱花灿烂如霞，行走其下，抬眼一望，美艳的叫人喘不过气。人言西安城里赏樱要去青龙寺，或去交大校园，我则以为那里人比樱花多，在里花水赏樱，其实也不赖呢。

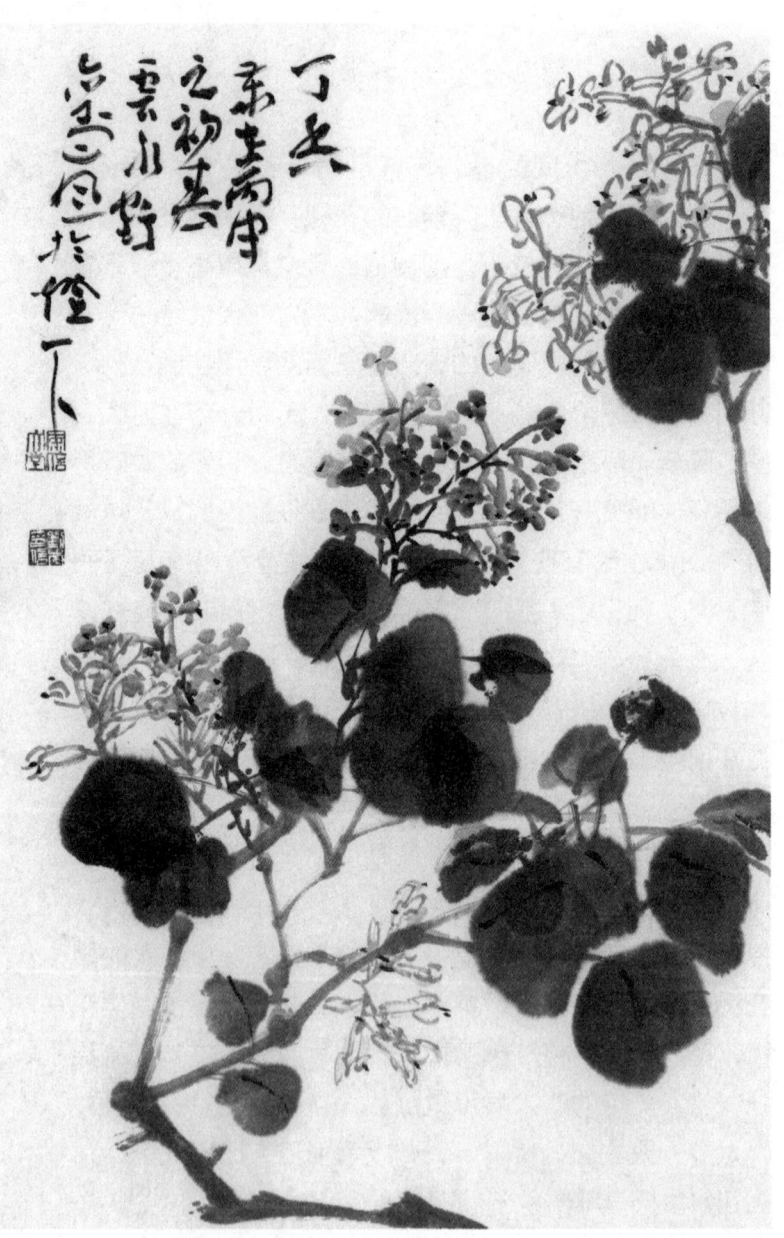

春天里，里花水的地面上，野花也很多，碎米粒状的白色的荠菜花；金黄色的，如一个微缩葵花的蒲公英花；蓝色的如宝石般的巧合蛋花……还有许多不知名的野花，都让我迷醉。它们让我想起远方的故乡，想起春天原野上的风，想起蔚蓝色天宇下的风筝，以及许多的人和事。"春到溪头荠菜花"，故乡的田野上，这个季节，也该开满荠菜花了吧？孩童们的柳笛也该吹响了吧？

夏秋时节的里花水，花事虽不似春日里繁盛，但也没有完全沉寂下来。这里的路边，多月季，多木槿，多紫薇，多韭叶兰，多牵牛花，偶尔，还能见到合欢的影子。花是开开谢谢的，但一直不断；色彩也繁富，红的，粉的；蓝的，紫的，让人目光总不闲着。这里面，还要数紫薇开花时间最长，也最好看。紫薇又叫不耐痒树，据《曲洧旧闻》载："其花夏开，秋犹不落，世呼百日红。"此言不虚，我去岁十月底，就曾在锦业路上看到，有紫薇花俏于枝头，尽管已是凉风嗖嗖，但花红仍一如火焰。

到了冬天，里花水唯一可赏者，便只有梅花了。这里的梅花属于腊梅，不多，我仅见过四五树。在冷凝的空气里，腊梅无声地开着，黄色的花瓣，紫色的蕊，幽幽的香气，让人的心里觉得暖暖的。梅花是高洁的，历朝历代诗人多有赞咏者，但也有人揶揄的。记不清是在那一本书里，曾读过一首写梅花的诗："红帽哼呀绿帽啊，风流太守看梅花。梅花忽然开言道，小的梅花接老爷。"梅花一下子变得那么的势利，那么的下贱，让人忍俊不禁，简直是和梅花开了一个玩笑。

春/天/的/野/菜

单位搬迁到南三环后,离城市远了,离乡村近了。午间休息时,于周边的小路上散步,忽然就看到路边的柳树上有了一抹新绿。目光南望,平日云卷云舒,还有几分苍涩的终南山,此刻也变得朗润起来。看来,春天真的回来了。不觉间,心中就涌动出了唐人的诗句,"天街小雨润如酥,草色遥看近却无。"低头一看,路边的小草,果然已发出了新芽,长出了嫩叶。还有我认识的几种野菜,也长到小酒盅大小,团团然,惹人怜爱。这久违的野菜,让我顿然间想起了故乡,想起了故乡的春天,想起了春天里田间地头的野菜。

说到野菜,我首先想到的是荠菜。每年春风一动,青草一泛绿,荠菜就出来了。往往是在一场春雨之后,它们好像商量好了似的,突然间就出现在了麦田中,田垄头,河畔间。不过,起初并不大,只有大人指甲盖大小,不易为人发现。或者,发现了,也没有人去理睬它。只有再经过十天半月左右阳光的曝晒，春风的吹拂，雨泽的滋润，荠菜伸胳膊蹬腿，舒展了腰身，长得肥硕起来，人们才拿了小刀，提了筐篮，走进田野，开始挑荠菜。那真是一件心旷神怡的事儿，棉袄脱了，一身轻松，在煦暖的春风中，在碧绿的麦田中，蹲下身子，边说笑着，边寻觅着挑挖着荠菜，偶一抬头，天蓝云白，似乎连心都飞到白云间去了。荠菜长得很好看，叶修长如柳，边缘有锯齿。起初只有四五片，随着时光的流逝，叶片也如楼台状，不断的复生，直至夏末变老，顶部结出碎碎的米粒状的白花。荠菜有多种吃法，可凉拌。将挑挖的荠菜择洗干净，放进开水锅里焯熟，捞出，滤去汁水，然后切碎，加盐，加醋，加姜末，加油泼辣子，再滴一丁点麻油，拌匀即食，其美无比。当然了，这道菜的佐料必须是上好的，尤其是醋，必须好。用山西的老陈醋固然好，若无，用户县大王镇的醋亦可。荠菜还可包饺子，这是最常见的吃法。可素包，以荠菜为主，和豆腐、木耳、黄花、葱姜等合剁为馅，包好，煮而食之。可荤包，最好是和瘦肉合剁为馅，这样的饺子煮熟后，既有荠菜的鲜香，又有肉香。但我最中意的是吃荠菜面和荠菜水饭。将擀好的面切成碎面下锅，待水滚后，急投入洗净的荠菜，煮熟，和汤面一起盛入碗中，加入炒好的葱花和调料，徐徐食之，别有滋味。荠菜水饭好像只有我们老家关中长安地方有之，这么多年，我在别的地方没有见到过。将籼米淘洗净，投入多半锅水中煮之，待水滚后，投入荠菜，红白萝卜条、黄豆，煮熟后，加入盐巴，水是水，米是米，稠而不稀，红黄绿白，趁热徐啜，滋味美妙，无以复言。小时候，在长安乡间，每当母亲做荠菜水饭，我都要吃两大碗。荠菜南北皆有，不过北地苦寒，较南地出来晚些而已。南宋诗人陆游似乎特别喜欢食荠菜，他曾写过两首《食荠》诗。其一：采采珍蔬不待畦，中原正味压莼丝。挑根择叶无虚日，直到开花如雪时。其二：日日思归饱蕨薇，春来荠美忽忘归。传夸真欲嫌荠苦，自笑何时得瓠肥。放翁真知食荠者矣。

　　春天故乡原野上的野菜多矣。除了荠菜外，还有麦瓶儿、水芹菜、枸杞芽、堇堇菜、辣辣菜、面条、胖官、巧合蛋什么的，当然了，有的图书上不载，只是我们当地人的叫法。或者图书上也记载了，叫法却不同。比如辣辣菜，一些图书上就写作勺勺菜。这些野菜，也是伴随着春风，陆续登场的。麦瓶儿几乎是和荠菜同时出现在麦田中的，它的叶子也似柳叶，不过更窄，也无锯齿，叶由根部丛生而出，整个形体就如微缩的剑麻。这种野菜好挑好洗，下面锅，做酸菜均宜，味道醇厚，吃起来很香。麦瓶儿几乎是和麦子一块儿生长的，麦子长多高，它也长多高。麦瓶儿长着长着就开花了，那花儿很好看，是一个底部大颈部细的花瓶儿，花则从瓶颈部吐出，单瓣梅花状，一瓣一瓣的，作粉红色，鲜艳之极。一株麦瓶儿上，往往有三四个花瓶，多者还有五六个的。试想，在碧波荡漾的麦浪中，摇曳着一株株麦瓶花，那情景有多好看。麦瓶儿花谢后会逐渐变黄，那些瓶儿中也会蓄满籽儿，这些籽儿待到麦熟时节，又会随风洒落田间，到来年春风起时，再生长出无数的麦瓶儿菜。读江南一些士人的笔记，常见有看麦娘的记述，我总弄不清它是一种什么样的野菜，无端的总觉得，它就是家乡田间的麦瓶儿。胖官的形状和麦瓶儿相类，不过叶片比较肥厚，味道很苦。这种野菜我们一般是不挑挖的。实在不得已挑挖回家，也仅仅是做腌制酸菜而用。胖官花色比麦瓶儿淡，花瓶则很有意思，瓶身上有竖的细细的棱纹，不似麦瓶儿是光滑的。水芹菜生长在多水的地方，生长在水中的，通体翠绿；生长在水滨的，茎叶则为紫红色。吃起来，生长在水中的好像更肥嫩一些。枸杞生长在田坎河畔，采摘时只能掐去枝头的嫩尖。枸杞芽焯熟凉拌，吃起来有一点淡淡的苦味，清热败火，也很不赖。这些菜都是季节性很强的菜，一过季节就老了，就无法食之了。"春到溪头荠菜花"，诗意很美，但这时的荠菜已不能吃了，勉强食之，不但枯涩，而且显老。如若不是饥荒年代，恐怕是没人愿意吃的。

说/梅

我对梅花并没有特别的喜欢，但遇到了，总要驻足看看。

西安不像南方，可观梅的地方不多，除了环城公园、兴庆公园等一些公园外，别的地方并不易见到。梅花的品类也比较单一，除了黄色的腊梅外，红梅、白梅很少见。我不知道别人见到过没有，在西安生活了三十多年，反正我是没有见到过。黄色的腊梅倒是时不时能见到，公园里，人家的宅院中，还有古刹道观中，多有。2006年正月十五，我应朋友刘珂之邀，去他的家乡户县看社火，在他供职的单位户县文化馆，不期见到了两树腊梅，那也许是我此生见到过的最大的腊梅树。那天，在钟楼广场看完社火表演，刘珂让我去他办公室坐坐，喝杯茶。我欣然同意。我刚一踏进文化馆的大门，便闻到了一股清幽的香气，我问这是什么香，刘笑而不答,把我让进了他的寒素的,亦做住宿,亦做办公的瓦房中。烧水,净杯,喝茶,闲谈甚欢。待茶淡话稀时,他突然说:"要不到外面转转,透透气?"我当然愿意。我知道,他们办公的地方,其前身是户县文庙,虽然后经翻建,但大模样没有变,留下了很多古物,也有很多文物。我们一同来到院中的大殿前,刘珂笑着说:"你刚才问是啥东西散发出的香气,看,就是它们!"我顺着他的手势一望,我的天,好大的两棵腊梅树!七八米外,在大殿正门旁的两侧,两棵腊梅树静静地挺立在天宇下,每棵主干都有小盆粗,老干虬枝,无声地开满了黄色的花。那花繁盛的呀,就像有无数的小精灵在枝头吵闹;又好像是一股股燃烧的黄色的火焰,争先恐后地伸向天空,都要把天空点燃了。我来到它们的面前,闻着它们的馨气,目不转睛地望着它们,连呼吸都要屏息住了。

"这两棵树有多少年月了?"我问。

"我也说不清楚,但总有二三百年了吧。"刘珂说,又补充道,"梅树生长很慢的!"

我颔首。

我们一起在两棵梅树前,足足站立了二十多分钟,然后,才去看一些过去的碑石。

其实,西安还有几处看梅的好所在,一处在环城公园朱雀门段，一处在西安电子科技大学老校区，一处在长安区少陵原畔的杜公祠。前两处，每处都有数十棵腊梅，可称为梅林。后一处，只有一丛，但均有可观处。前两年，在小南门里上班，中午休息时，我常到环城公园里散步，小南门和朱雀门相毗邻，一在西，一在东，相距也就半里地，环城公园朱雀门段是我散步时的必去地。故这里的梅林我常见，不管是花开时，还是叶茂时，梅的风姿，我多有领略。西安电子科技大学老校区内的梅林亦然，原因嘛，我家居校园附近，闲暇时，时常在校园内锻炼、漫步。而杜公祠中腊梅，我则仅见过两三次。两次是在花发时节，一次则在夏季，正是枝繁叶茂时候。杜公祠在少陵原畔，是为纪念唐代大诗人杜甫的所建，据史料记载，明代已建成，据传，那丛腊梅也属原栽。如果是真，那也是有了年月的老物了。我见到时，主干不粗，但长得很高，足有四五米的样子。这些梅树，均为腊梅，如鲁迅先生所言，开的是磬口的腊梅花，花是黄色的，蕊则是紫红色的。人们常说的，猪心腊梅，我不知道是不是这一种？

偶翻闲书，读到上世纪初一些到中国来的外国传教士的记述，他们似乎对中国的文化也颇有兴趣，比如梅花，他们在书中也多有谈及。不过，他们把杏花也当做了梅花，称为杏梅。想一想，也颇为有趣。

草木之间 说梅

先师李正峰在世时亦喜梅，曾读过作家贾平凹记述李先生的一篇文章，说一年冬天，他去西安城内办事，走到南门外环城公园附近时，看见一人披一件呢子大衣，于雪地中赏梅。他不知是谁这么有雅兴，好奇心突发，想看个究竟。结果走近一看，是李正峰先生。贾平凹所言不虚，前几年，在先师逝世十周年纪念会上，我曾见到过先师亲绘的一幅红梅图，枝干遒劲，花开灼灼，虽尺幅不大，却似一团火，燃烧了观者的心。

因梅花品高，自宋林和靖以后，文人画士鲜有不喜梅者，这一点，有历朝历代大量的咏梅诗为证，也有大量的梅画为证。梅尽管性清，为人所喜，但历史上却发生过因梅杀人的悲剧。据清人李伯元的《南亭随笔》记载："彭刚直善画梅花，其带长江水师时，人多往求画梅，一概允之。然随意应酬，亦无不为世所珍重也。其后画梅愈多，声价益重。有某哨弁，往往假刚直名号私画梅花多幅，向人求售，人不疑其非真笔，亦尝以重价相购。一日，刚直至某处，见悬挂己画梅花甚多。细阅之，皆非己之真笔，力诘主人促言假托之人。主人不敢隐，遂具以购置来源相告。刚直大怒，回营即传假托之某弁质诘，随即将某弁及同谋二人分别杀割。一时传者，莫不嗤其视梅花重于人命。"所谓彭刚直者，即彭玉麟也，其生于1816年，卒于1890年，号雪琴，清湖南衡阳人。咸丰年间洪杨军起,曾国藩治水军于衡阳,彭玉麟曾和他人分统之,后官至兵部尚书,卒谥刚直。其一生喜好画梅花,所绘梅花画不下万幅,且在每幅画上都盖有"一生知己是梅花""伤心人别有怀抱"等印章,相传是为纪念他少年时爱恋的女子梅姑的。就是这样一位视梅花为知己,看似有情的人,却因区区十数张梅画而杀人,其人品性可知。而梅之和人无关,亦可知矣。

至于我,对梅谈不上特别喜欢,也谈不上特别不喜欢。我以为,梅和所有花木一样,都有自己的清芬在。若说我喜欢梅,也是因为先师李正峰的缘故,因为他喜欢梅。这里面,我想,感情的成分当更多一些吧!

南豆角村的春天

每年春天，当柳条风刮起的时候，我都要到秦岭脚下去踏春。这一方面是因为，我的家乡稻地江村就在长安，且离终南山不远，也就十里路的样子，在回家看望母亲的时候，可以顺道去山中转转。另一方面，这个季节，秦岭脚下景色最为宜人，不唯麦苗青青，桃红柳绿，而且可以望着青山碧水，白云蓝天，尝尝鲜，解解馋。故而，在三十多年的时间里，我曾无数次地在秦岭脚下的小山村里游走，但我却始终不知道子午峪口还有一个南豆角村。自然，也未曾游历过。

是癸巳年的一个春日吧，我到省美术展览馆看金陵画派的一个画展，不意，在展厅里遇到了画家张健、马卫民君。观展毕，看着外面大好的春光，我们不约而同地说道："何不去南山边一游呢？"但到底去哪里呢？忽然想起，我中学的一位女同学曾说过，她在南山下开了一家农家乐，一问地方：南豆角村。我愣了一下，还有叫这地名的？便决定，就去南豆角村吧。

南豆角村就在子午峪口，很好找。开车从西安出发，到西安野生动物园，向西一里路的样子就到了。但到了村口，却有带红袖章的人把着路口，不让进。问了一下方知，近期山中防火，不准进山。也怪我粗心，咋把这茬给忘了。前几天新闻报道上说，西安汤峪里一户山民家里烧荒，引发山火，当地政府动用了两千多人上山，才将山火扑灭。为扑灭这场大火，还牺牲了一位乡镇干部呢。我忙说不进山，就到金石园农家乐去，且报了我同学的名字，才被准许进村。其实金石园就在村南的路边，和村庄还有一段距离。进园后找到同学，见她正忙着接待客人，遂招呼了一声，几个人溜溜达达地出了园。说出园，也不是很准确，因为金石园本身就没有围墙，不过借着乡野景致，盖了一些房子而已，周围还是麦田、果园，当然也有一些野芦苇、树木什么的。喜的是，紧邻园的东面，就是一个水库。我们便顺了小路，气喘吁吁地爬上了坝顶。到了坝顶一看，哦，景色真是好的不得了。北望，但见千里田畴，麦苗青青，树木如荠，繁花灿烂，间以村落人家，高楼大厦，让人胸襟不由为之一畅。南望，终南山就在眼前，千峰竞秀，万壑流黛。而脚下呢，则是一泓碧水如玉，满眼绿树逼人。兼之春风如梳，梳动坝顶上的万千柳条，也梳活了我们的心，我们不觉都有点陶醉。信步前行，来到坝东，见坝下田野中，一片片桃林，开得正灿烂，遂迤逦下坝，进入桃林。这里桃花开得那个盛啊，好像无数的孩子在欢叫，只能用热闹和热烈来形容。我们一边惊叹着花事的绚烂，一边大肆地拍照着，企图把这美好的春光，储存在我们的记忆里。正在我们忘乎所以时，突然听到汪汪的狗叫声，循声望去，原来是一户人家，掩映在绿树丛中。便寻思着，能长年生活在这里，呼吸着草木的清芬，吃着粗茶淡饭，作息有时，仿佛羲皇上人，也是一种幸福呢。不觉想起了帝尧时的那位灌园老人，不觉就吟出了《击壤歌》："日出而作，日入而息。凿井而饮，耕田而食。帝力于我何有哉！"昔人讲，寻常是福，能享即仙。我们今天也是做了半日神仙呢。

饭间和同学聊天得知，南豆角村昔年是一处军事要塞，正当于子午峪的北口，似应叫南堵角村。此语好像有些道理，因南豆角村是关中平原通往子午古道进山前最后一个村庄，我们耳熟能详的三国时期的蜀国大将魏延，就曾建议诸葛孔明，由子午古道北出，进攻长安。只是这一建议，没有被诸葛亮所采纳罢了。不过，相比于南堵角村，我更喜欢南豆角村这个村名，因为，它透露出的诗意与和谐，让人倾心。是呀，作为普通百姓，谁又喜欢战争与杀戮呢？

南豆角村现遗存两棵千年古柏，还有社公石爷和南城门楼，此亦可见证出此村的古老。

里/花/水/的/植/物

单位搬迁到里花水，我很是纳闷了一阵子，怎么还有叫这样地名的？是昔年此地方圆一里地的地方，有花有水，才得了这一名字呢？还是别的什么原因？不得而知。可知者，此处的环境还不错，处于远郊，处于西安高新区的西南角，人少，道路阔，植物多，安静。尤其是雨后，街道两边的植物皆翠绿着，绿的鲜嫩，绿的逼人眼目，让人心情不觉大畅，连呼吸也舒缓了许多。

我喜欢里花水周围的植物。自打在城里工作后，一些过去在乡间随处可见的植物，譬如打碗花、蒲公英、车前子、蔓扯扯……我再没有见过。过去工作之暇，我时常在小南门附近的环城公园里散步。环城公园里植物很多，少说也有近百种吧。树木方面，杨树、槐树、柳树这些常见的树种就不用说了，单说开花类的，就有紫薇、合欢、梅花、石榴、山楂、柿树、丁香，等等，多了去了。兼之还有藤蔓类的紫藤、凌霄、蔷薇等，可以说，环城公园就是一个环城林带，是一个由四季不同的花儿组成的花环。但我注意到，由于人的踩踏，环城公园里，地面上生长的植物，则少的可怜。有一些乡野的植物，则是几近于无了。里花水周围则不然，此地除了都市内惯常有的植物外，一些乡间的植物，也时时得见。五月初的一天中午，我和几个同事在里花水附近的农家乐吃完饭后，闲来无事，我们在锦业一路、南三环边，信步而行，一则算是熟悉一下周围的环境，二则也藉此可锻炼一下身体。不期，在林荫铺道的路边，在矮灌丛中，我们见到了许多久违了的乡间植物，有开着黄花的蒲公英，有结着红果的野草莓，还有开着喇叭状的粉红色的打碗花。打碗花在关中农村极普遍，少年时代，每逢夏初，我几乎在故乡的田野上，天天见之。这是一种很好看的植物，蔓生，叶呈不规则三角形，其花状如小喇叭，有粉色、白色两种，有些地方称为喇叭花，又因牛儿喜食，有些地方又叫牵牛花。不过，我们家乡人称其为打碗花，声称，开花时节，小孩若随意践踏，吃饭时，便会端不牢碗，将碗摔在地上打碎。我想，这都是大人们编出来吓唬小孩子的，无非是怕小孩子糟践花儿，怜惜花儿而已。同事H惊奇极了，不断地用手机拍摄。我则也采摘了一朵打碗花，在手上把玩了半天。端详着这小小的花儿,我的心一下子飞到了故乡,回到了少年时代。我想到了年逾花甲的母亲,也想到了至今仍生活在那片土地上的乡亲们,一时情不能遏,竟有些鼻头发酸。我赶紧丢掉花儿,将目光移到别的地方去。牵牛花白石老人也喜绘之,我想他和我一样,无非也是客居他乡,睹花伤情,借绘制牵牛花,绘出一种对故乡的记忆和思念吧。

  里花水周围的植物,我所见还不广。随着时光的流逝,我想,我会更深地喜欢上这里的植物的。

紫薇

紫薇是一种很好看的植物，其花、叶、树干多有可观者，但我过去却并不认识它。我认识紫薇，还是在西安的植物园认识的。那还是数年前的事了。

那年冬天的一夕，难得地下了一场大雪。第二天上午，我起床后，望着玉树琼枝的世界，忽发奇想，一夜大雪，不知植物园里是一番什么样的情形呢？便动了去看一看的念头，便约了一个朋友，踏着积雪，冒着严寒，去了南郊的植物园。进了园子，我深切地感受到，我是来对了。植物园里异常的安静，几乎少有人踪，偌大的园中，除了清越的鸟鸣，再无别的声音。地上、植物上、房屋上……均为雪所覆，于莹洁、寒素中显出一些肃穆，让人心生喜悦。我和朋友随意地在园中转，赏雪，亦享受一份宁静。当然，也谈心。谈的都是一些彼此感兴趣的事，诸如读书啦，绘画啦，游历啦，等等。

◎ 草木之间　紫薇

不意，便来到了松园的南门。朋友突然停到一棵碗口粗的树跟前，指着树问我："知道它是啥树吗？"我摇头。朋友说："这就是紫薇，亏你整天还读汪曾祺先生的书呢！"经其这么一说，我一下子记起来了，汪先生确实写过那么一篇有关紫薇的文章，而且，我还记得他在文中引用过一句"紫薇花对紫薇郎"的诗呢。于是，我特意地把这棵紫薇树端详了一下，树不高，也就不到三米的样子，但确实有了一些年岁；树干很光滑，很粗，还扭曲着；树枝上不见一片叶子，唯有一些黑色的豆状的果实，但上面也堆满了雪。我用手在树干上挠了挠，树枝纹丝不动。朋友说，你不用挠，它俗名是叫"痒痒树"，但它太老了，早已不怕痒了。我赧然。

自从在植物园中认识了紫薇，在随后的日子里，我便有意地注意上了这种植物。这一注意，我才发现，原来西安城里许多地方都种着紫薇，有些大街上，还将紫薇做了行道树，譬如，朱雀路两旁和中间的花坛中，就种的全是紫薇，不过，树都不大，仅有茶杯粗而已。但即便如此，也给街上增色不少。盛夏和初秋时节，当百花谢尽，满世界都是苍绿时，在朱雀路上走走，则是满眼的姹紫嫣红。但见紫薇花烂漫在街边，紫的，赤的，白的，一棵棵树上，都顶了一头的繁花，望去如彩霞，让人心怀大畅。而车辆便在花树边穿行，行人便在花树下散漫地走，斯情斯景，当可成为一幅画吧。

事实上，紫薇自身就是国画家常画的题材，尤其是一些花鸟画家，鲜有不画紫薇者。前年初冬，我去画家刘岚长安二中的住所小坐，喝茶之余，承其美意，要送我一幅画。他问我喜欢什么，我说随便。而同坐的强沫兄则让给我画一张紫薇，不过，不要夏秋的紫薇，而要繁花落尽后的紫薇。刘岚兄慨然应允。便研磨铺纸，便画，功夫不大，一张水墨淋漓的画作便完成了。画面上，数枝紫薇干扭曲着挺然而立，铁干虬枝，枝上着一些还未落尽的叶片，而顶部则是如铁样黑的蒴果。刘岚略一沉思，即在画的右上角题上"焰尽方留味满枝"数字，画顿然变得有味道起来。画家画紫薇者，多画花开时节景，如刘岚兄这样画紫薇者，我还从没有见过。由此也可见出其与他人的不同处。这张画，我至今宝之。

今夏去成都都江堰，令我大为惊异，这里的紫薇不仅多，而且大，紫薇干粗叶茂花繁，多有高达两丈者。尤其是二王庙里的那两株紫薇，高及两旁的屋檐，生长在两个用水泥砌成的巨大的花坛里，树冠硕大，万花似锦，惊心动魄，让人震撼，为我生平所仅见。也许此地气候湿润，土壤肥沃，适合紫薇生长吧。诌诗一首："紫薇多繁花，摇曳生北地。春去不足挽，娱目有此君。"

蜀/南/的/竹

到蜀南竹海，才知道了什么是竹子的王国。这里不仅竹子的品类多，而且面积大，计有十万公顷吧。淯江是一条很有意思的江，一直沿着山谷缓缓地流，因山势平缓，江水也便流动的很慢，有时简直让人疑心是凝然不动。江两面全是青翠的竹，密密匝匝的，干粗叶茂，总有三四层楼房高吧。这些竹为了争得更多的阳光，努力生长，半边江的上空便被遮蔽，江便如流动在翠竹的长廊里，显得是那样的诗意而安谧。远山如画，近水如诗，我们便在这画中游，诗中行了。

我是六月中旬到成都的，到了，便闻得了蜀南竹海的大名。于是，遂于游历了乐山之后，驱车从眉山附近出发，直接去了蜀南竹海。眉山是苏东坡的故乡，二十多年前，我曾经去过一次，因惊奇于蜀中多竹，亦惊奇于坡公好竹，还曾写过一篇有关竹的短文。时过多年，至今犹记之。文如下：

"蜀中多竹，房前屋后，河畔山涧，随处有竹撑一片绿云。可宋之前，有几个人注意它呢？

那个敢立于乱石穿空惊涛拍岸的长江边的古人，于吟诗填词之余，植竿竿修竹在院中。夏夜，看叶影婆娑；秋日，听叶风瑟瑟。翠竹的清芬若春晨之露，滴滴，渗入他的灵魂。

从此，很多人便喜欢竹了。他们真的挚爱吗？

其实，他们心中向往的是一种风格。"

那次，自然也饱览了蜀地的翠竹。但那时寡闻，竟不知蜀南还有海量的竹。

游情人谷。谷很幽，一条清溪，沿了布满苔藓，生满蕨草的山谷，清泠地流。清音袅袅，谷间便更多了趣味。满山的竹，满谷的绿，泠然的溪水，这样的情境，不唯情人喜欢，我想，我辈俗人，处之其间，也是会心生欢悦的。仙寓洞果真有仙人居住过吗？凌空悬于山岩之中腰，下临一片竹的海洋，每当山风起时，万顷翠竹，飒飒作响，如骤雨洒于林间，当此时也，凭栏遥望，碧波微涌，远山如翠螺，真让人有御风飞去之想。而月明之夕，与三五友人，于此清茶闲谈，观月光下的山峦，听静夜中的虫鸣，则不啻是隐者一类人物了。可惜的是，这里目下还被一些逐利之徒占着，求卜问卦，让人不堪。此处小孩子亦多趣，他们用蕨草编成帽子，饰以鲜花，售予游人，游人多有买者。但买者多为女孩或女士，买一顶戴上，穿行在竹林间，既风情又美丽。男士鲜有买者。曾见一小伙子买了一顶蕨草帽，戴于头上，得意洋洋地在山路上行走，后面多有匿笑者，初不解，后恍然。哪个男士愿意给自己戴一顶绿帽子呢？

还坐索道，凌空俯瞰了竹海。那真是竹子的汪洋啊！连山连谷，如波涛起伏，一眼都望不到头。

夜间，就宿于山中。吃竹笋竹笙，吃竹鸡竹虫，吃用竹筒蒸熟的米饭，那种清香，也是无以名状的。和山民聊天，得知他们吃用全取之于竹，赖之于竹，不由感叹，竹惠及于此地人多矣。在街上行走，见蜀南人多平和、清逸者，这大概也和竹性有关吧。

甜／瓜

读阮籍的《咏怀诗》:"昔闻东陵瓜,近在青门外。连畛距阡陌,子母相钩带。五色曜朝日,嘉宾四面会。膏火自煎熬,多财为患害。布衣可终身,宠禄岂足赖。"辄疑心当年东陵侯邵平所种之甜瓜,为我们今天所种的"十道棱"。东陵瓜余生也晚,未得一见,但"十道棱"甜瓜,少年时代,我在家乡樊川,可是常见到的。不但"十道棱"常见,另一种甜瓜"白兔娃",也让人难忘。这是一种老人特别喜欢吃的甜瓜,软,面,通体莹白,缺点是不够甜,硬度不够,比"十道棱"还难以保存。俗称"奶奶哼",意思是把奶奶吃得很舒服,以致哼出了声。

我的家乡在樊川腹地,南揖终南山,北倚少陵原,村南村北被大、小峪河所绕,环境优美不说,还有大片的河滩地,这为种植甜瓜,提供了便利条件。因为甜瓜

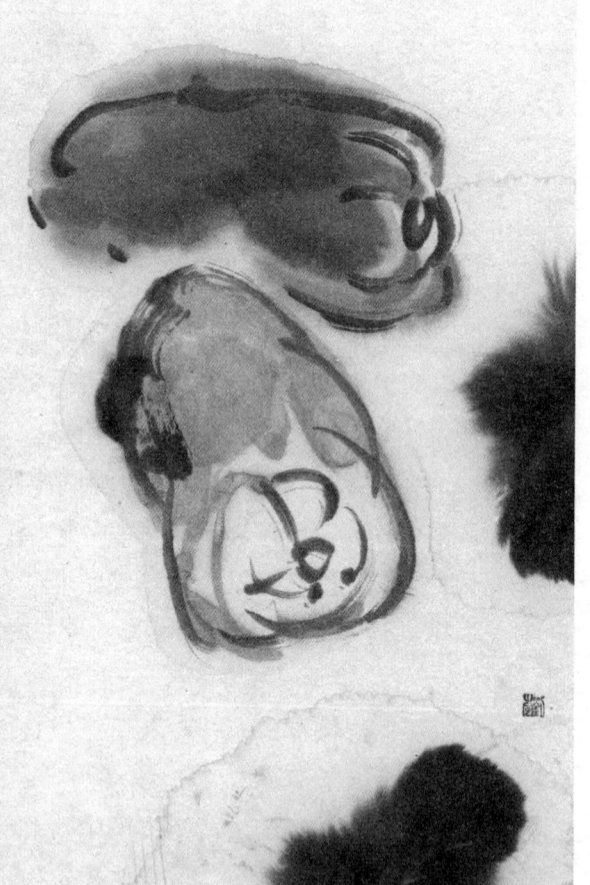

喜阳，宜于沙土地生长。沙土地透气、透水，不怕涝，而这些，都是种植甜瓜的必备条件。有了这样好的条件，故而，我们那一带，种植甜瓜的人很多。盛夏时节，你到田野走走，时不时会看见，在深绿色的原野上，坐落着一个个简易的瓜棚、瓜庵，走近了瞧瞧，肯定是三亩五亩的甜瓜地。热风中，田田的瓜叶轻轻摇晃，如滚过了一阵阵绿色的波浪。而那些白的绿的，成熟了的，未成熟的甜瓜，就静静地躺在这绿浪间，如一个个酣睡的婴儿，做着香甜的梦。阳光热烈地照着，大地上蒸腾起一片五彩的水汽。蝉儿在叫，震耳欲聋，但却惊不醒看瓜人的长梦。直到脚步声近了，看瓜人才突然惊醒，伸一个懒腰，看看是过路人，不是买瓜的，并无偷瓜的小孩，又倒头睡去。也不知道他哪里来的那么多的瞌睡？

我们队上的瓜田在小峪河边，有四五亩地大，纯粹的河滩地。这片地过去是一片荒滩，乱石散卧，蒿草丛生，常有野兔出没。恰逢农业学大寨，队长看见这一片荒滩闲着可惜，便带领本队社员，忙活了两个冬天，又是平整，又是垫土，才整出了这几亩地。因是沙土地，存不住水，种庄稼不长，就改做了瓜田。我们队上的看瓜人是有昌叔，不过，大家都叫他二叔。二叔是个庄稼把式，更是个务菜种瓜的能手，他种的瓜，大、甜不说，还有一种别样的香味。究其原因，除了手艺好，会管理外，另一个重要原因就是，舍得上肥。他给甜瓜上的都是有机肥，什么鸡粪啦，豆饼啦，油渣啦，等等，多了去。这些有机肥，肥力足，不伤地，且都宜于甜瓜生长。除了种瓜之外，二叔的另一个任务就是看瓜，防止小孩进瓜园偷瓜，防止牲口窜进园里糟蹋。在我幼年的记忆里，尽管二叔把瓜园看得很严，但我们却没少偷瓜，也没少吃瓜。二叔和善，近五十岁的人了，还和小孩一样，贪玩。他很喜欢打扑克，玩"抽鬼""捉娘娘""接竹竿""十点半"，尤其好爱玩打百分。也许是在外独居、寂寞的缘故吧，我们这帮孩子，只要一到他的瓜棚边，他就缠着我们玩扑克。我们陪他玩扑克的一个收获就是，常常可以吃到被虫子食过，早早陨落的甜瓜。但我们并不满足，常常把玩伴分成两拨，一拨陪他玩扑克，一拨趁机从河岸边，潜入瓜田，偷瓜。这一招，屡试不爽。偷得次数多了，二叔终于发现了我们的把戏（他常在瓜田巡视，对瓜田里的瓜，大多了然于胸，哪个瓜熟了，哪个瓜还未熟，基本知晓），把我们呵斥一顿，赶出瓜棚。我们嘻嘻哈哈地离开，但过不了多久，依然到瓜棚里去玩。二叔也似乎忘记了我们偷瓜那档子事，依旧和我们打扑克，依旧给我们带虫眼的瓜吃。但此后，我们却再不偷二叔看的瓜了。

时光飞逝，自从我1982年离开家乡后，转眼即是二十多年。其间，尽管我时常回故乡看看，但却很少见到二叔，也再未品尝过他种的甜瓜。近日，我随单位同事到阎良区去参观农村专业合作社，不期，又看到了大片的甜瓜地。我到瓜棚里转了转，但见一棵棵如碧玉雕成的藤蔓，缘了一根根固定好的铁丝，攀援而上。一个个浑圆的甜瓜就吊在瓜藤上，煞是好看。听科技人员介绍，我方得知，这已不是我少年时代，在家乡习见的甜瓜了，而是一种新品种，不但上市早，甜润香，且硬度好，耐储存。我品尝了一下，果然甜得腻人。我吃着瓜，不觉回忆起儿时的旧事。听说二叔已谢世，而留有我温婉记忆的那片河滩地，也早已不种瓜，挖作了鱼塘。那么，我只能在梦里去体味那种淡淡的甜瓜香了。

环/城/公/园

在西安的这些公园里,除了植物园外,我最喜欢的,大概就数环城公园了。自打进入社会以来,我的工作虽数经变化,但单位都离环城公园不远。尤其是调到西安日报社工作后,和环城公园的距离,简直是近在咫尺,也就是几十米的样子,可以说抬抬脚就到。这样,我就能得以常在环城公园里散步、溜达,我喜欢环城公园里郁郁葱葱的树木,更喜欢这里各种各样的花。至于凝重、古朴的城墙,以及在里面消闲的人们,也都是我喜欢的。还有鸟儿,生活、栖息在这里的各种鸟儿,麻雀、斑鸠、喜鹊……它们出没在青枝绿叶间的身影,它们优美、清丽的叫声,也让我心生喜悦。

三十多年前,我刚到西安的时候,也曾来过环城公园,但那时的公园远非今天的摸样,尽管公园里也有一些老树,可更多的是荒草、乱石。人行走其间,感受最多的是，这里还有一些野趣。那时，西安的治安也不是太好，傍晚和夜间，公园里常发生一些劫案，有抢夺案，更多的则是强奸案。十天半月，人们常会看见，有穿着公安制服模样的人在公园里出没。他们要么是在公园里巡逻，要么是在勘查现场。总之，那一段时日，这里不大太平，就是白天一个人走在园子里，心里也是慌慌的，生怕碰到了拦路的歹人，或者碰瓷敲诈的。我至今还记得异常清楚，1997年前后，我在长安路派出所采访时，民警夜间还在南门西边的公园里，抓获过一帮抢劫的歹徒。

　　西安的环城公园真正变得安静、祥和起来，我想应该是在新千年以后吧？公园经过修葺，又取消了门票制度以后，这里的人气一下子旺了起来。从早到晚，公园里人流不断，有健身的，谈恋爱的，散步的，还有下棋的，闲唠嗑的，无所事事卖眼的。这里简直成了市民们的乐园，他们在工作、劳作之余，在公园里尽情地释放着自己的快乐。也就是打从这个时候开始吧，我喜欢上了环城公园。闲暇时，我常一个人，或随一二好友在公园里溜达。一首歌里唱道："城里不知季节的变化"，但你如果经常在环城公园里散步，则无此之虞，因为，季节就在你的眼皮底下发生着变化。落雪了，腊梅花顶着寒风，迎着雪花开放，蕊寒香冷蝶难来，这是冬天来

◎ 草木之间

环城公园

了。但冬天来了,春天还会远吗?于是乎,在随后的时日里,你便看到了迎春花黄灿灿地开放了。西安的环城公园里,迎春花生长得最好的地方,当属朱雀门附近。不管是门东还是门西,高坎上都种植着一丛丛迎春花,早春二月,继腊梅花之后,次第绽放,向人们报告着春天的信息。这些迎春花在这个季节里,通体墨绿,从每一根枝条到每一片叶子,都充满了生命的浆液,望去生机勃勃,活力无限。那金灿灿的花儿,尽管小小的,但在万木还没有复苏的时节,也会让人眼前一亮,心头充满喜悦。在随后的日子里,桃花、李花、杏花、玉兰、樱花、牡丹、丁香花……各种各样的花儿都开了,环城公园里花事繁盛,春意盎然。连鸟儿也活跃起来,燕子在柳树间穿梭,喜鹊在古树上喳喳,而麻雀更是快乐地飞来飞去。行走其间,人鸟俱乐,但乐却不同。

夏天是在蝉儿的鸣唱声中来临的。这个季节里,如果在环城公园里散步,你会被浓重的绿荫所包围,尽管头顶骄阳似火,但公园里却是一地的荫凉。在公园里走累了,独自坐在紫藤架下,嗅着幽幽的花香,微风吹着,闭目休憩一会儿,你会觉得自己简直成了神仙。至于秋天,环城公园里更是异彩纷呈,且不说秋风忽来,吹皱护城河里的清水,单是如蛱蝶般纷纷飘下的黄叶,便让人遐想万千,喜悦不尽了。国画家赵振川先生家在文昌门外住，作画之余，他也时常于晚饭后到环城公园里漫步，有时和朋友，有时和弟子。我因和他的多个弟子有交往，又和他是朋友，故也多次和他在公园里闲步过。一次，他谈过绘画，谈过自己在陇县的插队生活之后，忽然来了一句："环城公园里真是一个季节的长廊，色彩的长廊啊！"我不知道他当时看到了什么，想到了什么，但先生所言，绝非虚语。

新年刚过，迎春花还没有开放，环城公园里还有些冷，但午饭过后，我还是走向了环城公园。因为，城头上已有风筝在飘荡了，而每年冬天过后，只要有人放风筝，紧接着，春天便来了。

迎/春/花

在西安的环城公园里,每年春节一过,就有一丛丛的迎春花,冒着严寒开放了。起初是一星一点地开,几天的功夫,就烂漫成一片了。那花真叫繁盛,一根根碧绿的枝条上,缀满了一朵朵金黄的小花,让人疑心,那些细弱的枝条,可能会不堪其重,被繁花压折。

迎春花多为六瓣,中间是柱形的绒绒的花蕊;但也有五瓣的。这种花,多生长在山野之中。小时候,我在乡下见的不多。要见,也是在人家的坟头。早春,在乡野漫步,蓦然抬头,就看见一丛丛的迎春花在坟地里灿烂,在春风里招摇。那是迎春花在向亡者报告春天到来的信息,也寄托着生者对死者的绵绵思念。在关中农村,很少有人将迎春花种在庭院里的。倒是城市的公园里,时不时会见到一大丛一大丛的迎春花。西安的环城公园里就有不少,如朱雀门外面两边的高坎上,就生长

迎春 丙申年之新春三客 正崎室有外侨之儀 お見迎英從萧天暖冬 丙申 笑翁訂

着很多迎春花，春天，一团团的黄花；夏秋，青枝绿叶。南郊的植物园里，迎春花也不少，每年春日去植物园，我都能见到一些。迎春花不管开花还是不开花，都很好看。

  迎春花也叫黄梅，傲霜斗雪，亦有梅的品性。我很喜欢这个名字。父亲已去世三年，今春，抽空，我也想回故乡樊川去，在他老人家的坟头，栽种上一丛丛迎春花。

香/椿/情/结

　　寓居城市，虽已有多年，但总觉得自己还是家乡原野上的那朵云，落不到城市这块土地上。故每逢季节变化，辄有思乡之感。思念故乡的山山水水，一草一木，以及那些至亲至爱的亲朋好友。杜审言诗云："独有宦游人，偏惊物候新。"其实，岂止是杜审言，古往今来，每一个远离家园的人，都会有这种感慨的。这不，看到古城墙上被春风吹得猎猎翻卷的旗帜，看到城市上空飞翔的五彩的风筝，以及大街上姑娘们飘曳的裙裾，我便想到了故乡，此时，春的气息怕已把它唤醒了吧。那些绿油油的麦苗，那些在原野上往来奔跑的孩子，那些呢呢喃喃飞来飞去的燕子自不待说，单是村头地边，房前屋后香椿树上吐出的紫红色的春芽，就惹人怜爱。它们在亮丽的阳光下，散发出浓郁的馨气；在柔和的春风中摇来晃去，似在向人们招手："来，采摘我们吧，我们正香正嫩呢！"

扳香椿，在我们家乡是一件很普通的事，七八岁的孩子干得有滋有味，兴趣盎然。香椿分野椿和家椿两种，野椿大多长在田头地坎。每到四月香椿发芽后，树上常常攀附着一两个男孩。他们像猴子一样机敏，两腿一盘，坐在树干上，或干脆立在树杈上，风吹得树摇来晃去，却无奈他们何。他们有的拿着挠钩，有的拿着竹竿，只就椿芽上一钩或一按，椿芽便如一支力竭的箭镞，倏然落下。树下呢，则必定有三四个男女孩子在捡拾。这些孩子边捡边吃，待吃得不想再吃，方将椿芽捡入柳条篮中。阳光照到头顶上时，树上的孩子下来，他们平分了香椿，便高高兴兴地回家了。这样，中午几家的饭桌上，便有了一盘时鲜菜肴——焯香椿，绿绿的，香香的，诱着人的胃口。不到一周，田野上的香椿便被孩子们扳完了，原来在风中摇头晃脑，生机勃勃的香椿树，立刻显得光秃秃了。不用担心，过不了几天，这些树上就会重新长出椿芽的，大人告诉我们，香椿越扳越旺。扳完了野香椿，那些顽皮的孩子并不满足，他们又把贪馋的目光盯到了家椿上。

我家的后院里有两棵香椿树，一棵有水桶般粗，一棵仅有茶杯口那么粗细。幼年，每到扳香椿时节，我便瞄上了家中的这两棵香椿树。一到野香椿采完，我就打上了它们的主意。但是，祖父严禁我扳小树上的香椿，他说那棵树正在"长树"，经不住攀折，这样，我便只好扳大树上的香椿了。这棵大椿树靠院墙而生，长到两丈，分作两杈，然后又向上发展。每次扳椿芽，我都坐在分杈上，用挠钩钩。祖父呢，在树下捡。我一般不一次性采完，只扳够一顿吃的就罢手。这样，整个春天里，我们就有吃不完的香椿。有了香椿，祖父就做香椿炒鸡蛋和焯香椿，这两样菜都极香，我都很爱吃。但祖父不许我多吃，他说吃多了流鼻血。祖父还贪杯，每次吃香椿，他都要喝几盅。有时，他也让我喝一盅，我不喝，他便说："娃子不喝酒，长大了没出息！"这样，我便喝，觉得那酒极辣，连眼泪都辣出来了。祖父则在一旁笑，显出很满意的样子。

后来，我上学了。先小学，后中学，功课愈来愈重，压得我喘不过气来。这样，每年春天，就再也没有机会扳香椿了。不过，那诱人的椿芽炒鸡蛋和焯香椿还能吃到，那是祖父央小弟扳了香椿做菜专留给我吃的。1982年，我到省城读书，便永远离开了家乡原野上熟悉的香椿树，那扳椿芽、吃香椿的情景，已成了遥远的过去，只能在梦中重温。只有祖父慈祥的面容时常在我的眼前闪现，令我思念不已。但由于功课紧，我竟无机会回家看望他老人家一眼。就在我入大学读书的第二年冬天，祖父不幸去世，享年83岁。听母亲讲，祖父临谢世前，还很惋惜地说："能吃上一口鲜香椿就好了！"当时，正是冬季，北风怒吼，万木凋零，离春尚远，哪能采到椿芽。何况，即就是能采到，院中那两棵香椿树在父辈们析居后，也早已砍了。

  大学毕业，进入城市，忙于工作，一晃便是数十年。这些年来，我再未吃过家乡原野上的鲜香椿，对香椿的记忆也逐渐淡远。节假日有时在蔬菜市场闲逛，偶尔看到有卖香椿的，但大多已叶枯不鲜，且价格昂贵，令人望而却步。所幸妻子娘家后院有十几棵香椿树，每年产很多香椿。每到春季，岳父常采了鲜椿芽，切碎用盐揉过，然后晒干，给我们寄来一包，虽不及刚摘来的新鲜，但也聊胜于无了。每次做汤时，妻给汤中撒一撮，汤中便有了一股浓浓的清香。或在吃凉皮子的时候，给调料汁中捏一些，面皮吃起来，便显得格外味长。

  数年前，一家刊物举办了一次笔会，我有幸参加。笔会期间，时值春日，我在异乡的土地上不期看到了一棵香椿树，一时思如潮涌，写了一首散文诗《香椿树》，至今犹记得有这样一段话："记忆里总有什么东西如火似的闪亮，搜寻了半天，才发现是你盘踞在我的脑里。香椿树，家乡的树，你还认识我么？你还认得那个扳椿芽的小男孩么……"写下我对香椿的一片痴情。

我想，今生我怕不会忘记香椿了。尽管家乡原野上的香椿树已没有我记忆中的稠密，但香椿的清芬却早已深入我的骨髓，今辈子，这股浓浓的清香怕都不会从我脑中散去了。

青龙寺·桃花

入一道逼仄的小巷，信步而行，不觉间就登上了乐游原，到了青龙寺门口。春日的风柔柔地吹着，有三三两两的人在放风筝，那风筝飘飘摇摇的，如蛱蝶在舞，浅灰色的天宇便写满了春意。青龙寺就悬浮在乐游原上，悬浮在市廛繁嚣之中，如一位得道的高人，静静地觑视着人世间的一切，怡然而笑，悠然自得。

薄阴的天，一如我疲累的身心。但阳光还是透出来了，哗啦啦地把金币样的光芒倾倒向大地，大地便灿灿然，让人格外的欢喜了。

其实，高兴起来的还有我自己。

脚步停驻在寺内的一泓碧潭前，便见有两尾红鱼在活活地游，一副怡然样。便想象若果到了夏日，荷花绽放，圆圆的花叶秀出于水面，如一把把绿伞；水面上，浮萍片片，那鱼该更自得了吧。

径是幽径，曲折如蛇。竹、树、花、草便一一入我的眼目。这里最著名的当为樱花，但时令不到，花尚未发。倒是有一两树玉兰，开得繁盛，大朵大朵莹洁的花，如玉雕绢做，让人目不敢正视，疑心那花莫非是假的。可看的是迎春花，虽然花事已过，但碧绿的枝条上，尚有那么几朵莹莹的小花，散散开着，让人怜爱。有蜜蜂在迎春花丛中嘤嗡，显出一派的诗意、生机。

惠果、空海事迹，我是没有兴趣看的。历代诗文碑刻，我也无意去看。我本俗人，那些人事隔着时空，离我太远。我在意的是眼下，和一位心仪的朋友在一起，散漫地走，随意地谈，让人心灵得到休息、安妥。

"这里真安静！"

"是。"

"快乐吗？"

"你说呢？"

但听得树上有鸟儿在欢快地鸣唱；而不远处，有一树桃花已裂开了嘴，似在浅浅地笑……

而记忆深处的桃花是开在乡野上，一大片一大片，灼灼的，若霞若火，染红了一片天地，也把家乡的绿野装扮得格外可人。"巧笑倩兮，美目盼兮。"在如画的春阳下，也该有窈窕淑女在出嫁吧？桃之夭夭，灼灼其华，她该是很幸福的吧？不然，她怎么会赧红着脸，从

《诗经》中走出，款款的，一走就是两千多年，至今想起，还让人迷醉呢。

其实，人间何处无桃花呢，川、原、山、峁，凡有土地有雨水的地方，都可看见它的影子。即就是人迹罕至的山寺，桃花也在徐徐的暖风下，无声地开着。

青龙寺的这一树桃花，是在什么时候开的呢？夜半？黎明？抑或晴暖的正午？落霞的黄昏？这些都不重要的，重要的是它合着节令，热热闹闹的开了。开在寺院里，也开在我的心里。

这样瞎想着，就见远远的天边，有一朵云，在无心地飘。

绒线花静静地开

刚来西安最初的几年，因单位没有住房，我曾在小北门外的纸坊村租住过一段时间。出小北门，过陇海铁路，工农路两旁，挨挨挤挤的盖着一片小二楼，这就是纸坊村。进村，小街小巷曲里拐弯，如蛇行斗折。居民多为当地土著，但也有如我一样的外来户。久居古城的人，都知道这里属于道北（铁道以北），风气不好，闲人多，混混多，打架斗殴多，街痞小偷多，有道是：出了北门上北坡，闲人要比好人多。说得虽有些刻薄，但也是事实。这种社会现象的形成，既有历史的原因，又有现实的原因，不谈也罢。前几年，西安有位作家写了部电视剧《道北人》，替道北人说了很多好话，收视率也很高，但地道的西安人，似乎还是对道北人从内心深处存有偏见。

我赁居这里还有一个原因，这就是能照顾上妻子女

儿。妻子当时在纸坊村附近的一家企业上班，怕她辛苦，租房就租得离她单位近一些。女儿当时只有四五岁，小脸粉嘟嘟红扑扑，正是如小猫小狗般人见人爱的时候，就送到了附近变电器厂幼儿园。那是当地一家很不错的幼儿园，价钱虽贵一些，但老师好，园里设施也好，十多年过去了，我至今还时常记起到幼儿园里送接女儿的情景，还记着一位名叫孙燕的老师，感念着她对我女儿的培育。

日子如水流沙石上，虽清澈见底，但清贫中却不乏诗意。上班下班，读书看电视，买蜂窝煤，购贮大白菜，周日到街上转转，蹲在野棋摊边，和不相识的人下几盘象棋；到纸坊村十字东南角的报刊亭边，和卖报刊的老太太拉呱几句淡话，买几份报刊；骑自行车接送女儿……日子看似平平淡淡，但却如秋日里田野中的大豆，粒粒饱满。有意思的事儿还有，冬日回故乡，返城后到北门里下车，和妻子领着女儿，步行从环城公园回家。公园内雪压林梢，小路上积雪成冰。女儿耍赖，不肯走，我和妻子一人牵着女儿的一只手，拉着她在地上溜冰，二里多长的路程，一路笑个不停，连路边的行人都被感染了，扭过头好奇地观看。这种快乐的游戏，以致让女儿上了瘾，后来每每到了商场里，她也借故不走路，让我们拉着她在光滑的地板上溜。至于春日里领着女儿到城墙上放风筝，到环城公园里寻找桑树，摘一捧桑叶，为女儿养几条蚕，至今忆之，心里仍有一种说不出的甜蜜与欢欣。

一年夏天，适逢周末无事，我拿了本书，早早地赶到环城公园，想找个僻静的地方，静静地坐着读会儿书。那日阳光很好，早早的就如顽皮的孩子，爬上了树梢，爬上了古城墙。公园里人不多，有一些在遛鸟，还有一些在散步，在晨练。我穿过一片核桃林，再越过一片石榴林，尽量往人少的地方走。不意，在护城河边的荒坡上，发现了一树绒线花。那绒线花绒绒的，粉红若霞，一大朵一大朵的，似乎刚开，或者正在无声的开。而羽状的叶子，也在舒缓地展开，上面似乎还带着残露的气息。我被眼前的一切惊呆了，足足目不转睛地看了十多分钟。一时间，我想到了生我养我的故乡，那里的原野上，夏日也常常开着一树一树绒线花的，而且树大花繁，远望如霞光彤云，盛开时，引无数蜜蜂日夜嘤嗡着采密。绒线花是开开谢谢的，开时鲜艳至极，败时枯黄如干菊，随风飘落于地。那枯花是夏日里败火去暑的佳品。记忆里，幼小时候，每年母亲都要拾了枯萎的绒线花，用水熬过，加白砂糖，放凉，让我们饮用。那种涩涩的，甜甜的，又略带点药苦味的绒线花水，其香醇至今留在我的脑际。

那是十多年前的旧事了。而今，母亲已老迈，额际已有深深的皱纹，头发也已花白，而乡间的绒线花树也日渐稀少，几近绝迹。倒是城市里，绒线花树反而多了起来，夏日走在南院门粉巷大街上，随时可见到绒线花婀娜的身姿，在风里招摇。行走其下，我常默默地观望。脑中偶尔会无端地蹦出日本十四世纪歌人西行的几句诗："赏花，为彼美之无端，心疼痛。"

我也时常的为之无端心痛吗？我说不清。

绒线花是乡里人叫的，它的学名叫合欢。但我至今只叫它绒线花。因为，我的母亲就是这样叫的。

一棵明代的树

从村庄出发，涉过清浅的小峪河，再往南走经马渠（这里昔年曾经有一个马渠寺，后遭匪患毁弃），也就是四五里地的样子，便到了汤坊庙。汤坊庙也是一个村庄，唐时，这里曾是通往皇家寺院天池寺的一处汤房。皇帝或者皇亲国戚要到天池寺去进香，第一站先到这里。他们在这里吃饱喝足了，攒足了劲儿，然后，或骑马或乘轿，经吴家沟，沿御道，一气登上天池寺。不过，汤坊庙这一名称如今只挂在一些上了年纪的人的嘴上，他们依稀知道这一段历史，还愿意这么叫，觉得这个名字叫起来有一些古香味。至于年轻的一代，他们都把这个村叫做孟家村。

汤坊庙村的村东，傍了一条清澈的小溪，有一所小学，这就是汤坊庙小学。上一个世纪三四十年代，共产党的一个地下组织曾以此为据点，进行秘密活动。国民党特务经多方侦察，最终发现了这一据点，他们曾派人缉捕暗杀过这个据点的领头人李志中，但未能如愿。最惊险的一次是在一个冬夜，特务摸到李志中的寝室窗外，往躺在床上的李志中打冷枪，结果，还是有惊无险，没有伤着李的一根汗毛。李志中解放后担任了长安县的领导，算得上是功德圆满。

上面这些都是我从地方志上知道的。其实，关于汤坊庙村，我最早知道的是一棵明代的树。更准确地讲，是一棵明代的白杨树。

大约是我十岁左右吧，有一年春天，全公社的小学进行了一次作文比赛，比赛地点就设在汤坊庙小学。我被我们学校推荐来参加这次比赛，比赛的结果没有记住，倒是记住了这棵不同凡响的树。那次比赛刚一结束，一位同来的同学就拉着我，兴奋地说，去看树吧。我还没有弄明白是怎么回事，就被同学拉着，一路小跑，来到了树下。哦，树真大呀！我从来没有见过这么高大的树。树有三四层楼房那么高，有我五六搂那么粗。树身上的树皮已褪去得差不多了，满身的疤瘤窟窿；春天的蚂蚁结了队，呈线状来来回回在树身上爬。树的顶部有七八枝桶粗的铁色枝桠，戟张着伸向天空；枝桠上有些许枝条，上面生有零星绿色的叶片，似树的耳朵，或者眼睛，倾听着苍天的消息，刺探着上天的秘密。我当时就被这棵树惊呆了，觉得它活了那么老，简直就是一棵神树了。多年之后，我从汤坊庙村一位文友毋东汉（他是我的前辈，曾是汤坊庙小学的老师，已两鬓斑白，退休在家）那里得悉，事实上那时的村人，也确实对此树心存敬畏。也是多年后，我翻长安县志，才惊讶地知道，这是一棵明代的白杨树。

去年冬天，我回乡间看望双亲，其间顺便去拜访了一下东汉先生。我们在他简朴的书房坐下，窗外是一丛翠竹，室内是氤氲的茶香，故人香茗，说不尽的惬意。话间，我提议一会儿去看一下那棵明代的树。不想闻听此言，先生却呆了半晌，接着是一声长长的叹息。我忙问端由，他重重地说："毁了！"再问，方知，就在当年春天，学校修葺房屋，雇了一些民工。这帮民工工罢穷极无聊，想检验一下此树是否还活着，于是，顺着树根部的洞，给树肚子里笼了一把火。不想，树早已空了心，上下是通着的，登时，那火就燃着了树身，烟火瞬间从树顶部的孔洞中窜了出来。没有半个时辰，这棵树就烧成了一支火炬。民工、师生救之不及，这棵明代的树就这样不经意地烧掉了。我听了，也是一阵默然。

一棵明代的树就这样让我们玩笑着毁掉了。

捡/豌/豆

谚云：麦不离豆，豆不离麦。这说明了一个事实，即麦豆可以套种，当然，这种套种仅限于豌豆。豌豆多蔓，攀攀扯扯，缠缠连连的，可以和麦子一起长高，甚或比麦子还高。

关中多沃野且地宜种麦。无论大麦、小麦，均长得很好。每年秋收以后，水稻、苞谷、谷子、大豆收割完毕，场光地净，庄稼人就会重新耕耘了土地，种上麦子，间或也种些豌豆。豌豆有时和麦子套种，有时则单独播种。麦要深种，豆则要浅种。土地翻耕过了，露出黑油油的沃土，一浪一浪的，好看若画。刚耕过的土地里有蟋蟀在蹦，有蚂蚱在跳，还有蚯蚓蠕动，青蛙来回跳窜——土地散发出一种醇厚的泥土香，这香味腥腥的，还略带一点发酵过的酒的味道。用手捏一把，湿而不粘，散散的，松松的。这样的土地即使种上一根棒

◎ 草木之间

捡豌豆

槌，我想也会生根发芽，长成一棵树的。套上骡马，拖一张耧，将地细细地耙一遍，然后由有经验的农人，一把一把地把麦种播向地里，这道工序也很有诗意画境。艳丽的秋阳下，农人抓麦在手，一把一把地有序挥撒，姿势若舞若蹈，种子飞出，如金瀑飞流，落地沙沙有声，让人听了心为之醉。麦种撒毕后，然后拴一架荆条编成的磨，人踩在磨上，或给磨上放一两块石头，再套上骡马，将地细细地磨一遍，将麦种盖上，大功便算告成。如需给麦田中再套种豌豆，则需将豌豆稀稀地撒在刚种过的麦地里，既不用覆盖，也不用浇水，豌豆自会随麦长出。有道是豆苗要整齐，种子在地皮。如需种一块豌豆田，则更简单，只要在耙过的土地上撒上豌豆种子即可。

  然后树叶便逐渐地落了，然后麦苗、豌豆苗就出了，然后天便逐渐变冷。接着是长长的冬天，漫漫地等待。几场冷雨冷风，雪便悄然飘临，白了田野溪流，白了秦岭山麓，香酣了庄稼人的梦。"麦盖三床被（雪），头枕馒头睡。"雪覆盖了麦田豆田，望去白茫茫一片，干净极了，也清素极了。之后冰雪消融、溪流解冻淙淙鸣唱，麦苗豆苗像做了一个温婉的梦，从雪国醒来，伸伸懒腰，活动一下筋骨，惺忪着眼睛，望望瞳瞳春阳，摇曳在春风中，惬意极了，也幸福极了。豆麦爱听锄头声。几场春雨，豆麦长势喜人，绿汪汪了一片天地。但杂草也丛生其间。农人一遍一遍地锄，连锄三遍，豆麦便起身了，长高了，愈发的可人了。待到四月天，天蓝了，地阔了，风更暖了。麦苗长到一尺多高左右，出穗了，豌豆便牵牵连连地开花了，那紫色的花、白色的花，亮亮的，若一只只美目，随风不断地在麦苗中眨动，万绿丛中繁花点点，妩媚极了。

  紫白色的豌豆花开着开着就枯萎了，便生出了小豆荚。用不了十天半月，豆荚就会长成。刚长成的豌豆荚绿莹莹的，小拇指般大小，若碧玉翡翠雕就，生吃起来味道特别鲜美。那时生产队就要派人守护。但即就是这样，孩子们仍照偷不误。他们成群结队出动，或二三人联袂出动，使看守豌豆田的人防不胜防。当然，孩子们一般偷的也不太多，每人也就是一二口袋。且偷期很短。因为豌豆角要不了一周时间，就会变白变老，变老了的豌豆角生吃起来有一种生涩的苦味，且还有一种土腥气。转眼就到了五月，布谷鸟开始在田野的上空飞翔鸣叫，青杏开始泛黄，一连几日热风，豆麦就成熟了。农村很快就进入了热火朝天的麦忙季节。龙口夺食，庄稼人没明没黑地连轴转，用不了十天时间，地里的麦子就会被抢收一空。原来黄澄澄丰厚的原野，顷刻间就恢复了它的原来面目，地平土丰。热风便恣意地在田野上

◎草木之间 捡豌豆

来回流浪。

夏播相对于秋播来讲比较简单，我们那一带因为地处樊川腹地，水流河汊众多，因而有许多水田。水田种起来稍嫌麻烦一些，需耕过耙过放水插秧。至于旱田，则不需要耕地，只需在麦茬的缝隙间，断断续续地挖些小窝，点上苞谷种，浇点水，就算大功告成。有些身懒的农人，甚至不浇水，但那也不影响出苗，因为有地墒，更重要的是，有大雨。这不，苞谷种刚点上，乌云便在终南山根翻滚，不一会儿便笼罩了天空。电闪雷鸣之后，跟着一阵狂风，白亮亮的雨就兜头浇了下来。庄稼人听着雨声，心里甭提有多高兴、多滋润了。拉开被子，他们不由分说地倒头大睡，歇歇三夏大忙的乏气。甚或雨停了，他们也不出工，借口是道路、田野泥泞，没法干活。大白雨歇歇停停，下了二三日，这可乐坏了孩子们。他们除了玩泥炮外，心里还惦记着一件更重要的事儿——捡豌豆。关中农村，豌豆多种在旱田里。由于麦豆成熟起来很快，所谓麦黄一晌，蚕老一时是也。因而，豌豆荚在毒日艳阳的照晒下，多有不及收割便暴裂散落到地上的，故此，豌豆田中多的是散落的豌豆。而且，这些豌豆多是个大饱满，可称为豌豆中的上品。雨落大地，豌豆经过雨水的浸泡，就会胀了一倍，就会变成白色，看上去，目标特别明显，也特别可爱。有些豌豆经雨水泡久了，甚至会生出嫩嫩的碧绿的小芽。

三五成群的，端上一个大茶缸，或者提上一个小竹篮，光着脚板，我们出发了。走过泥泞的乡路，涉过小河，穿过树林，我们走向田野，走向曾经紫花点点的豌豆地。不怕麦茬扎疼了脚，双脚踩在湿软的麦茬地里，就像走在锦毯上，我们的心如同放飞的小鸟，快乐极了。我们在麦茬地里慢慢前行，目光来回游移，搜寻着遗落在地里的一粒粒胀豌豆，之后弯腰，不断把豌豆拾进手中的茶缸、竹篮之中。这活儿不累，干起来还有些游戏的味道，因此，特别好玩。捡着捡着，有时突然会遇到大雨，我们就像炸了窝的鸟儿，慌忙跑到附近的瓜棚、大树下，权且避雨；有时，天放晴了，太阳眨眼就会出来，这时，就要抓紧时间去捡拾，否则，阳光就会把胀豌豆晒得瘪下去，变成原来的模样，而极难搜寻捡拾。不管怎么说，经过一个上午或一个下午的努力，我们总能拾到很多胀豌豆，不仅茶缸满竹篮平，而且就连四个口袋里面也装满了捡拾的豌豆。

归家，把捡拾的豌豆交给母亲，自然会得到母亲的一番夸奖。母亲把这些豌豆用清水淘过，滤干水，撒上盐，用清油炒过，吃起来鲜脆可口，香气直冲脑际。间或，母亲也把它们掺上小米，做成豌豆粥，喝到嘴里，粘软温润，有一种不可言说的奇妙。东坡诗云："岂知江头千顷雪,茅檐出没晨烟孤。地碓春糠光似玉,沙锅煮豆软如酥。老我此身无着处,卖书来问东家住。卧听鸡鸣粥熟时,篷头拽杖君家去。"不知此老所言豆粥和母亲所做的豆粥是不是一回事儿。不过,东坡居士和朋友在茅舍聊着天等豆粥喝的那份闲逸,还是颇合我心的。

  什么时候有暇,能再回到乡间,听听布谷鸟的叫声,赤脚踩进麦茬地里,捡一捧豌豆,闻闻豌豆的香气呢?我时常怅然地想,这一想就是漫漫的三十多年。

河／柳

　　上世纪八十年代初，我读高中。校园在村东三公里外的野地里。这里前不着村，后不着店。过去曾是一片坟地。坟地里松柏森森，荒草离离，狐兔出没，一片荒凉。土改时，当地政府将树林砍去，平掉坟头，种上钻天杨、枇杷树，植上花草竹石，修建了四五十间大瓦房，一所中学就建成了。因校址位于樊川中部，取名樊川中学。一时，四乡八里的学子云集于此，负笈求学。晨昏间，辄闻琅琅的读书声，辄见三三两两的学子在野外散步，让人几乎忘记了这里昔日曾是一片坟地。只有到了清明节这一天，附近村里的人到校园内烧纸钱，让人才想起这片地过去的用场。

　　校园南面一里许，即是小峪河。小峪河是著名的长安八水之一潏河的一条支流。河水丰沛，河面较宽，一年四季，清水长流不断。河中多白石，多沙滩，有鱼虾

蟹鳖生焉。河岸上有密密麻麻的树林，树林中尤以河柳为多。河柳是水边生灌木，它喜水易长，生命力极强。家乡人称为毛柳。

"浪花有意千堆雪，柳树无言一队春。"春天，河柳仿佛一位报春的使者，东风稍一吹拂即吐絮发芽，不几日，就着上了绿装，别的树木才渐次发芽、吐叶。不久，草长莺飞，春深似海，河流就像一条绿色的长廊，蜿蜒而去。鸟鸣兽奔，绿荫如幔，小峪河便显出一派的生机。苦夏时节，蝉噪林荫，三两个人坐在河柳下，将双足伸入水中，听河水汩汩如乐，观鱼虾游于石间，随意而谈，也不失为一件惬意的事。至若秋冬，河柳茎红叶黄，一簇簇临河而立，有秋风起，有乱雪下，或如霞如锦，或银装素裹，卓约若处子，庄严若道人，情景着实姗姗可爱。这样，一条清冷的小峪河，就成了师生们闲暇时的乐园。

我对小峪河来讲可以说是常客。小峪河由东向西而流，我们的学校和村庄处在同一条线上，故而我们几个男生上下学总爱舍了大路，走河滩小路，一则图僻静，可以利用这段时间背背书，二则亦可看看野景，玩乐一番。

我在小峪河边上遇到张文斌先生是在一个夏日午后的傍晚。其时，西天彩霞如锦，染红了一河的流水，也

◎ 草木之间

河柳

染红了河滩的林木和远处的稻田。我和两位要好的同学边在林间的小路上走,边默默地背着书,猛然一抬头,便看到了迎面走来的张先生。张先生下身一条浅灰色的裤子,上身一件洗得发黄的白色老头衫,手里拿着一把蒲扇,花白着头发,正悠然地走着,看上去慈祥极了。

张先生是我的语文老师,虽则已上了一学年课,但他带着高一四个班的语文课,面对的学生太多,故而,我们虽认识他,他未必能认识我们。

"张老师好!"在离张先生还有二三丈远时,我们站住,侧立在路边,毕恭毕敬地向他问好。

"啊!是你们!也在散步呀?"

我们慌忙回答。

"其实,饭后走走很好,劳逸结合嘛!"他继续说,并向我们投来慈爱的目光。

我们有些局促地点着头,并把手中拿的书往身后藏。见此,他饶有兴趣地问我们看的什么书。当得知是语文书后,他并未显出高兴的样子,而是告诫我们要读点闲书,譬如小说、散文之类,只有博读博识,才能学好语文。并向我们推荐了柳青、王汶石、茹志娟等人的作品。语毕,便轻轻由我们身边走过,继续往小径深处走去。我们几个已是窘得出了一身的汗。

这次邂逅以后,张先生很快认识了我们。我们也常常借口请教一些问题，前往他的办公室。张先生的办公室兼着宿舍，就一间房子。房前的窗下有一大丛竹子，那竹子一年四季总绿绿的，摇曳生风，很有一番景致。室内陈设简单，一桌一椅一床一架书，此外，别无长物。倒是房子的东墙上，挂着一幅秋日河柳图。令我们大出意外。问了问，是先生画的，我们诧异极了，方知先生还会作画。

先生很和气，我们每次来，他必要给我们倒水。问我们一些学习上的事，并勉励我们要勤奋上进。那时，由于家境贫寒，我们写字用的本子往往不够用。张先生就将他用过的教案本送给我们，我们拿回去，可以在背面做数学、物理题，当作演草本用。至今忆之，我心里还时常涌过一股暖流。

1981年的国庆节，学校搞了一次征文比赛，我的参赛作文《燕子归来时》获得了特别奖。张文斌先生得悉评奖结果后很兴奋，一日下午放学后，他专门约我到小峪河边走了走。那日的情形，我至今历历在目。那天大约是在晚七点左右吧，夕阳衔山欲坠，大地上流光溢彩。一丘丘的稻田金黄，玉米红缨变黑，谷子穗儿弯垂，大豆更是饱胀得似乎要破荚而出。我们在寂静的生产路上走，望着渐次变黄的棵棵杨树，听凭蚂蚱在脚下乱飞，不觉间就来到了小峪河边。在一块干净的沙滩上，我们面河而坐。接着便很随意地谈了起来，我们谈到了我的学习，谈到了我的作文，当然，也谈到了他的一些事。我这才知道，他是解放前西安的老报人，解放后当了老师，因一些言论，1957年被打成了右派，并遭受了多年的牢狱之灾。妻子离他而去，只有两个孩子和他相依为命。现在孩子已经长大成人，在老家少陵原上生活着。我这个小小少年，心里才蓦然明白，看似刚强、乐观的张先生，原来也是受了很大苦的。那天究竟谈了多长时间，至今已记得不大清楚。只记得到了最后，先生只是长久地望着附近的一丛河柳，默然不语，眼中似乎有泪花闪动。

河边晤谈后，我和先生的心似两条溪流，一下子汇到了一起。我对他的感情更深了，来往也更密切了。学习之暇，我常到先生的办公室去坐，一则听听他的教诲，二来亦可帮他干点事。譬如，帮他到井台打打水，扫扫地，往教室里送送已披阅过的作业等等。先生也不把我当外人，常常留我在他的房中吃饭。师生相处融融，如春风夜雨，让人惬意。

大约是1982年的盛夏时节吧，一夕，张先生牙忽作痛，这本是老毛病，先生起初并没有当回事。但不意，这次的牙痛却来势凶猛，一夜间，先生的半边脸肿得老高。不唯吃饭困难，就连说话也极其艰难，不得已，他只得告了病假，看病休息。可也古怪，他就诊了几家大医院，一周时间过去，就是不见好转。许多学生也忧心忡忡，替他着急。一次，我无意间在饭桌上说起此事，被祖父听到了。他告诉了我一个土方，用鳝鱼血、绒线花、白糖合水煮，待水凉后饮服，能败火去毒，可疗牙痛之疾。我听后，欣喜若狂，急忙放下碗，拿上手电，带上鱼篓，披着月色，奔上了光溜溜的田塍。我揿亮手电，小心翼翼地在稻田边寻找，捕捉夜间出来觅食的鳝鱼。四周很静，只有青蛙在鸣，只有流萤在飞。稻田散发出的泥土气，直冲我的脑际、令人眩晕。这些，我全不顾，一门心思把目光投在水田中。稻田中的鳝鱼很多，不到两个小时，我就捉了十多条。一时间，空空的鱼篓中，就有了不断的响动。这响动让我听了，心里有一种说不出的高兴。之后，我又提上鱼篓，借着月色，奔到村小学的操场里，这里有一棵很大的绒线花树，此时，正开着许多好看的粉红色的花。我在地上捡了许多干枯的绒线花，用预先准备好的报纸包了，方才心满意足地回了家。第二天一大早，我即赶到学校，把这些交给了张先生，并帮他煎药。没承想，这个土方竟有奇效，仅仅过了一天一夜，先生便痊愈了。很快，课堂上便又响起了先生爽朗的笑声。我的心中，也如暑热天气遇凉风，舒坦极了。

◎ 草木之间　河柳

一转眼，我便高中毕业，到西安上大学了。之后，是参加工作，娶妻生子。其间，二十多年的岁月，再未见过张先生。依稀间，只听昔日留在乡间的同学讲，先生退休了，回到了老家。我曾动身找过一次他，没有找到。再以后，便听到了先生谢世的消息。又逢春天，少陵原上，先生的坟头上已该芳草萋萋了吧？

小峪河清水长流，河柳笼烟，常常入我梦中，一如先生微笑的面容……

春天

　　每年冰河还没有解冻，燕子还没有北归时，我便急切地盼望着春天快点到来。就像小时候期盼着早一天过年一样。我曾心急地到水边看过，谚语里不是说了，"五九六九，隔河看柳。"柳树该是最早能感知到春天气息的树木了。我还到少陵原上徜徉过，麦苗倒是绿的，土地似乎也松软了身体，但原畔的草还是枯的，并没有见"荣"起来。春像一个顽皮的孩子，不知悄悄地藏在哪里，我就是找不到。

　　落了一场小雨。春几乎就是伴随着这场小雨来的。在淅沥的小雨中，我看见柳树枝条上的芽蕾，一下子像睡醒的小姑娘似的，眨动起了眼睛；还穿出了绿色的裙装。柳树一瞬间漂亮起来了。我的心也瞬间敞亮起来了。"孟春之月……解冻，蛰虫始振苏。鱼上负冰，獭祭鱼，候雁北。"想起了《淮南子·时则训》上的话，

便抬头望天，天空是灰蒙蒙的，并不见一只大雁飞过。只有一些风筝在天空飘，在微雨里飘。倒是给寂寞的天空添了些许风景，让人的心也驿动起来。

便想起了去年春天去汉中，去川、渝时的情景。是在勉县西部的境内吧，一大片一大片的油菜花连连缀缀，汪洋成了黄的海洋。蜜蜂在嘤嗡地飞。远山如黛，静静地耸立在钢蓝的天空下，有白云在天空缓缓地飘。心喜悦到了极点，便胡诌了一首诗。"轻云淡抹日色新，柔风微吹蝶翻飞。一地菜花何所似，花黄赛如狗头金。"当即用手机短信发给了朋友，朋友回信说，景色看着不错，就是诗太臭。我立时大笑。我诌此诗只是志我心中之乐耳，何曾要真的作诗。

春在我的热切企盼中姗姗地来了。眼见着河边的柳树绿了，古寺中的玉兰开了，城墙下的迎春花也黄成了一片。连衣服也可以少穿了，人也轻便了许多。最高兴的是，可以不用拥被读书了。沏一杯茶，端一把小凳，放在阳台，在幽幽的茶香里，沐浴着和煦的阳光，沐浴着徐徐的杨柳风，读读古书，那是多惬意的事情呀。

只可惜，西安的春脖子太短了。眨眼间，便又是蝉儿鸣叫的夏天了。

城墙下的梅花

在西安生活的久了,便会喜欢上这座城市里的很多东西,譬如城墙下的公园,我就异常的喜欢。因工作单位在小南门附近,我几乎每天都要从城墙下经过,中午要去环城公园里遛弯。健身是一个原因,但更重要的是这里清幽的气息,让人心生欢悦。且不说雄浑、古老的城墙,单是公园里的植物,就让人流连忘返。漫步环城公园内,你会和许多的植物不期而遇,什么唐槐、毛白杨、山楂、苦楝、合欢、紫藤、女贞、迎春花、石榴、樱花……多了去,总有上百种吧。而在这些植物中,我最喜欢的,大概要数梅花了。

环城公园里梅树很多,大多为黄梅和红梅,白梅我还没有见过。其中,以黄梅为多,且多为罄口的腊梅花。我爱梅,大约出于以下的原因,我的先生李正峰喜梅。梅砺冰雪灼放,情操独守,品格高洁,迹近君子,这可能是先生喜梅的缘由吧。腊月天，常见先生书房内的罐瓶中，插一二枝梅花，那枝上的花儿，有的开了，有的还是骨朵状，于是，书房内，便有了暗香在浮动。那香味，也只是幽幽的，淡淡的一缕，若有若无，需心静，方能捕捉得到。爱屋及乌，我便也爱上了梅。先生已离去十年，但先生的音容笑貌，却如梅香，时不时在我的心中氤氲。贾平凹曾写过有关先生的两篇散文，其中的一篇中，还写到了一年冬天，先生在南门外环城公园里雪地赏梅的情景。文中所描述先生身披黑呢子大衣，脖围围巾，鹄立雪中，凝然、悠然的神态，我至今还能想及。

　　梅为文人画士所喜爱，盖有年矣。历朝历代歌咏梅花之诗文，车载斗量。心同此心，我想，大概大家都有比较相同的情怀吧。读明清人的诗文，曾见到过一首咏梅的打油诗："红帽哼兮黑帽呵，风流太守看梅花。梅花低首开言道，小的梅花接老爷。"简直是和梅花开了一个玩笑。其实，并非是梅花低俗，而是俗吏让人不耐。

　　漫步在环城公园里，我常想，这里的梅花是在什么时候开放的呢？静夜里？黎明？抑或白天？我说不清。但在冷凝的冬季里，有那么一树两树梅花，冒寒而开，繁花点点，香气袅袅，那确乎让人怦然心动。只可惜，眼下有这份闲心，能驻足梅下，赏梅、品梅的人，是愈来愈少了。

蔷薇园和它的主人

"一庭春雨瓢儿菜，满架秋风扁豆花。"这是郑板桥的一副对联，我很喜欢它。每次到国画家郭光先生的小院，我都会在心中默念它。郭光的小院在云龙大厦顶层，十二楼，坐西面东，西为画室，东为庭院。院中广植蔷薇，兼有蕙兰、翠竹、紫藤、金瓜、玫瑰……春夏，步入其间，爬山虎缘壁而生，绿荫透窗，连画室也清幽了许多；而月明之夜，蔷薇花开，香雾袅袅，梦也便清芬了几分。因院中多蔷薇，便以蔷薇园名之。近几年来，我曾多次光顾过蔷薇园，有时和赵振川先生俱，有时和他的弟子王归光、于力君同往，来此，多为到隔壁郝师傅家装裱字画。郝师傅曾师从北京荣宝斋一装裱大家，字画装裱独步古城。她家和郭光家连院，中有小圆门相通，两家共用一个大门。到郝师傅家去，必经蔷薇园。但那时缘浅，终未能和蔷薇园主人见上一面。今春一夕，又去云龙大厦，适逢赵振川先生亦在，便移座蔷薇园夜话。品茗间，见园中荒芜，问及园主人，答曰：在深圳。不觉兴陶渊明归去来兮之叹。

不意，郭光兄便在这个夏日归来了。而且，我们很快就认识了。相识了，也便知道了他是一个国画家，也便有幸得睹了他的大量画作。

我很喜欢郭光兄的画，他的画中有一种清气。这种清气既有清新、清雅，也含有清逸。这也许和他的经历、学养有关吧。他自小习画，壮而经营长安书画社，后又远赴南国，和南北书画名家，诸如赵望云、石鲁、何海霞、王子武、李世南、赵振川、江文湛等多有交往。交往多，眼界便宽，加之，又喜读书习文，绘画的起点便很高。他早年喜好花鸟画，这除了他热爱生活，喜欢大自然，喜悦美好的物事外，大概还和花鸟画易上手有关吧？他画月下梨花，月色朦胧，一树白花，于静夜中盛开，寂寞而热烈，宛如一梦。让人看了，想起青春少女，无端地生出一点淡淡的哀愁。但这哀愁，一如春水一痕，也就那么一丝涟漪。他绘雨中之荷，荷叶如盖，荷花如人。这人，可以是婉约的女子，也可以是清水君子，是人间物，但不染凡间尘。这荷，可以是江南的，亦可是关中的。"江南可采莲，莲叶何田田。鱼戏莲叶东，鱼戏莲叶南。"画如歌，歌亦如画。但这画这歌这荷，都是郭光兄心中之物。雨中芭蕉的诗意，篱间玫瑰的奔放，枝头红柿的明艳，紫藤花下的幽趣，山岩间醉人的红果果，等等，尽管只有简淡的几笔，却无不彰显出一种生命的激情，让人喜爱，也让人心倾。笔墨中有文人画的意趣，也有人世间的温暖。

  花鸟之外，郭光也涉猎山水画，且近几年来，于此着力颇多。他以为生于关中，长于秦地，北有茫茫的黄土高原，南有巍巍秦岭，加之有黄河的雄浑，汉水的秀媚，不染指山水，那简直是暴殄天物。故而，他忽然一个转身，把大量的笔墨，大量的时间，挥洒向了山水间。他的山水画笔墨酣畅、恣意，于华滋中见枯涩，于厚重中见秀润，于写意中见工整，有时如大风遽起于山林，拔山折树，让人触目惊心；有时如龙游天外，但见满纸烟岚，一山云树，让人疑心山水间有仙人藏焉，有灵物生焉。隐者之吟哦，樵者之歌吟，牧者之身影，山水之晦暝变化，时光之四季轮回，尽皆可从郭光兄的绘画中找到。这种绘画面目的形成，一方面得益于他长期坚持写生，得益于汲取传统，另一方面，也和他长期和山水画大家广泛交流，向其学习有关。我喜欢郭光的花鸟画，但更喜欢他的山水画。他的山水画，尽管起步较晚，目前还在自我探索，自我完善阶段，但鲜活、灵动，个人心灵的成分更多一些。褪尽败叶，树就是这样逐渐长高的。他的山水画，也就是在这种不断地自我否定中，一步步趋于成熟的。

"半日作画半日闲，一垄种菜一垄花。"生活中的郭光，已从工作岗位上息影，现赋闲在家，每日唯以绘事莳花为乐。绘事之余，和三五同好于蔷薇园中，品品茶，喝喝酒，聊聊天，日子如神仙般散淡、悠然。蔷薇园东面，数步之遥，便是卧龙寺，他有时也去那里转转，于钟磬声中，于梵呗声中，寻得一点心灵的慰藉。而此时呢？他简直就是一位身居市廛，心慕林泉的隐者了。

南瓜花开在院墙上

墙是土墙，不高，上面苫着青瓦。不知经过了多少岁月的侵蚀，墙面已坑坑洼洼，还歪歪斜斜裂着许多手指宽的缝隙。而墙顶上的青瓦已成了黑色，上面还结着许多铜钱大小的紫红色的苔藓。这些苔藓到了雨天，经过雨水的洗涤，便会变得鲜鲜亮亮，从暗红中透出无限的绿意。一些瓦松、蒿子、猫儿草就散乱地长在黑瓦上，风来随风摇曳，雨来任雨抽打。晴天一身阳光，夜晚一头星月。这就是我家后院的那堵土墙。它的背阴面是邻居张大妈家。

墙根下，有一棵香椿树，一棵柿子树，还有一棵杏树。它们都是祖父种植的，为了他的儿孙。除此，土墙下还有一块一间房大小的隙地，上面堆了一大堆土。每年清明节过后，祖父就会在那儿点上六七窝南瓜。几场春雨，南瓜破土发芽。那芽儿嫩闪闪、水灵灵的，仿佛一碰就能碰出一窝水来。这娇娇弱弱的模样，最怕鸡狗糟蹋。鸡会用它们那尖利的喙啄食掉嫩芽；猫狗冒失，则会不管三七二十一地撞断它。不过，祖父有的是办法，他到野外去刈来野枣刺，密密实实地将南瓜芽围起来，这样，鸡狗就奈何不得它们了。于是，南瓜芽在春风阳光的爱抚下，如一个个经过精心呵护的娃娃，放心大胆地生长。不久，它们就长成了一丛丛巴掌大的叶片，绿汪汪的，摸上去涩涩的，随了风儿晃动。

南瓜长啊长，到五月份就开始跑藤扯蔓。这时，鸡狗再也奈何不得它们。祖父便拔去野枣刺，让南瓜自由自在地生长。五月的风吹着，五月的阳光照着，五月的雨间断地落着，南瓜像一个个喝饱了乳汁的孩子，疯长起来，蔓藤扯满了整个后院，一直爬到后院的墙上。而金黄色的南瓜花，也在我不经意间开了。那花儿起初只有几朵，静静地开在一片碧绿里，但不久，就逐渐地繁盛起来，于是，整个后院就变得热闹了。蜂儿振动着金翅，嘤嘤嗡嗡地飞来了，它们飞进硕大的南瓜花中采蜜，花叶被压得一坠一坠；蝴蝶成双飞来，只是在花间流连一番，又交交错错，在我目光的注视下，翩翩地翻过墙去，飞得没有了踪影。还有蝉，它钻出土地，爬到树上，也开始鸣叫；还有金龟子，也在后院的上空来回飞舞。这些，都惹出我无限的遐想。

最让我遐想的还是那开在墙头的南瓜花，它们拼尽了力气爬上墙头，是想看看墙外的世界吗？难道它们不知道墙的那边是张大妈家吗？南瓜花不管我的遐想，它们还是爬呀爬，一直爬到墙头，爬到墙外，爬到邻家的院落。到了秋里，它们也会把瓜结在邻家。等到南瓜长成后，邻居张大妈总会颠了一对小脚，把结到她家里的瓜，给我家一个个送来。祖父总是呵呵地笑着，又给送回。祖父有祖父的理由："土里长的东西，长到谁家算谁家的。"

说这句话时，祖父还很硬朗。如今，他已去了另一个世界，静静地躺在村东的墓地里。那开在院墙上的南瓜花，也变成了我梦中的情景，和祖父的慈祥的面庞一样，永远摇曳在我的记忆里……

二/爷/的/菜/园/花/满/畦

涉过清清的小峪河，再向村南走上二里多路，在一片桃林边，有一个五亩地大小的菜园。这是我们生产队的菜园。二爷就一年四季住在菜园里，他是这个菜园的务菜人和看园人。

二爷的背有些驼，他走起路来总是慢腾腾的。起初，我以为二爷的驼背是因为常年劳作所致。但后来，祖父否定了我的这一奇怪想法。他告诉我，二爷的背是民国年间，拉壮丁的国民党军队把他打成了这样。于是，每每看见二爷，我就替他难过，觉得那帮国民党兵实在是坏透了。

菜园是一个五彩的世界，尤其是春夏秋三季，简直让我们着迷。

春天，几场杨柳风过后，大地回春，麦苗返青。我们到桃园里去看桃花，疯闹过后，我们又踅到菜园，去菜畦中挖荠菜。荠菜肥肥嫩嫩，整个春天里都有，不过，到了三月份，便长老了，开出乳白色的碎花，不能再吃。"荠菜儿，年年有，采之一二遗八九。今年才出土眼中，挑菜人来不停手。而今狼藉已不堪，安得花开三月三。"从明代人滑浩所著的《野菜谱》中，也可大致见出荠菜的生长状况。除了荠菜花，这个季节里，菜园里还有许多野菜也开着花。最常见的有蒲公英，开出的花如向日葵，金黄灿烂，不过只有小酒盅大小罢了，蝴蝶最爱在它的周围流连。还有马苋菜，茎红，叶椭圆，状如马耳，开出的花如腊梅。马苋菜吃起来滑溜爽口，掺在面中烙饼尤其好吃。麦瓶儿也很多，这种野菜多生于麦田中，叶细似韭，到了三四月份，便开出好看的红花，一株多枝，花朵状似花瓶，故乡人以麦瓶花呼之。除了这些花，还有油菜花、韭菜花、葱花……花事繁盛。二爷就在这些花草的包围下，笑眯眯地劳作。他一会儿除草，一会儿灌园，休息时，就掏出旱烟袋，吧嗒吧嗒地吸两锅旱烟。田野上的风吹着，南山上的云飘着，春天便在这种静寂中悄然而逝。

当蝉开始鸣叫的时候，夏天便来临了。夏天的菜园，花儿是开开谢谢的，一如这个季节的雨。白色的辣椒花，紫色的茄子花，金黄的南瓜花黄瓜花西红柿花，嫩绿色的扁豆花豇豆花，等等。不过，我们的心已不在

花儿上，早就移在了瓜果上。偷黄瓜，偷西红柿，偷菜园中一切能吃的东西，便成了我们的日常功课。二爷呢，除了日常的劳作，这个时节的一个重要任务，就是防备我们这帮小贼糟蹋果蔬。但这又怎么能防得住呢，我们一个个机灵似猴，声东击西，匍匐钻藤，最终是满载而归。留下二爷只有站在园中苦笑的份。除了菜园，桃园、豌豆地也都是我们这个季节的侵害对象。

秋天里菜园中最吸引我们的是菊花和大丽花。这些花种在二爷房间的门前，秋阳下，红红黄黄，艳丽无比。我们常站在这些花前看花，有时，趁二爷不注意，便摘下一朵两朵的，拿在手中玩……

是一年的秋天吧，连阴雨不断，小峪河涨水，菜园连接村庄的桥被冲断。大约二十多天，没有二爷的消息。队上派人涉水过河去看，二爷已病得不成样子。生产队把二爷送到县医院，没有治好，二爷死了。听村上人讲，二爷死于腔子疼痛，也不知道这是一种什么病？

二爷去了，自此，我不再到生产队上的菜园去玩。

吃柿子的鸟儿飞来了

　　早晨起来一开门，觉得脖子凉飕飕的，连呼吸进肺里的空气也似乎清冽了许多。一低头，地上的草丛、枯枝败叶上落了一层薄薄的霜。哦，降霜了！不几日，村里村外，柿树的叶子便渐渐变红，起初是红绿相间，最后绿色逐渐消退，便变成一片绛红色，望去若霞。乡间的柿子树仿佛一下子全都喝醉了酒，或静静地沐浴在秋阳下，或摇曳在澄明的风中。而一兜儿一兜儿橘红色的柿子，要么高擎枝头，要么垂于叶下，望去让人馋涎欲滴。

　　是在一天早饭时间吧，当人们正端了老碗，或蹲或站在街门前吃饭时，一大群一大群的鸟儿从西北天边飞来了，它们叽哩咋啦地叫着，飞临村庄的上空，落到一棵棵柿树上。于是，家乡的柿树上顷刻间便变得热闹起来了。它们边挑拣着树上已软熟了的柿子吃，边扇动着

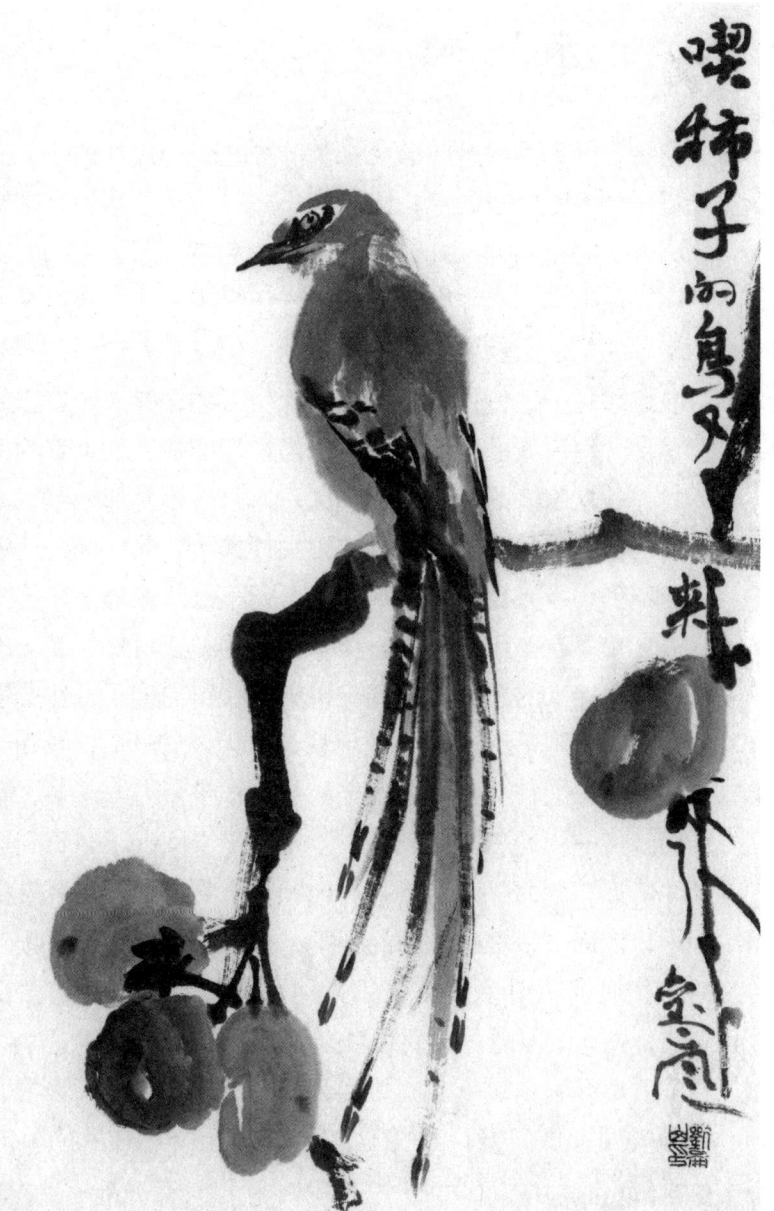

翅膀，肆无忌惮地叫着。柿树叶被它们一片片碰落。这是一种专吃柿子的鸟，比喜鹊小一些，尾巴也没有喜鹊那么长。家乡人不知道它们叫什么名字，因了它们的叫声，便呼之为燕咋啦。燕咋啦一年只来一次，每次来，家乡的柿子树就要遭到一次洗劫。但家乡人似乎并不恼恨这种鸟，他们信奉一句话：天生万物，有人一口，就有鸟一口。而且他们固执地认为，燕咋啦光临谁家的柿树，是这家人的荣耀，说明这户人家仁厚。那一年，如果柿子熟得早，家乡人提前用夹杆摘了，而吃柿鸟还迟迟不到，乡人就会给柿树的顶上留下七八颗柿子，等吃柿鸟来了吃。于是，这一年，家乡的村里村外，就会出现一种迷人的景观，棵棵柿树上有残留的柿子，红彤彤的，在秋阳下泛光。有一年秋天，因为父母忙，我和弟妹奉父母之命，摘卸后院柿树上的柿子。一个上午，我们就将一树柿子摘得光光。中午，父亲回来了，看到这种情形，他的脸阴了下来。他顾不上吃午饭，便搬来梯子，把卸下来堆在筐中的柿子，拣带枝的拿了十多颗，用草绳绑在树顶。完事后，他郑重地对我们说："记住，做人要厚道，莫要让乡亲们戳脊梁骨！"

离开家乡二十多年，尽管家乡的景物已在我脑中变得模糊，但父亲说过的这句话，却至今还在我的耳畔萦绕。

夏/日/草/木

夏日草木多矣，但草木真正在夏天开花者却并不多，这是自然法则使然，春华秋实，大多数植物，还是按照这一规律生存的。今摘我认识的几种在夏天开花的植物缀记之，以消长夏。

紫薇

紫薇在时下的都市里最常见，尤其是像西安这样的北方城市，夏日，漫步在公园里、街衢间，常能看到紫薇的影子。那树干是伶仃的，叶是舒朗的，花则鲜艳欲滴，紫的红的，如一堆火焰，在枝头燃烧。让人常在心中嘀咕，这么细小的树，怎么会开出这么繁盛的花儿？小时候，在乡下生活，尽管乡间草木众多，但我却从未见过紫薇，自然也不认识这种植物。我认识紫薇还是在西安工作以后，一夜闲读，偶然于汪曾祺先生的文章中，得知有这么一种植物，还得知了白居易写过"紫薇花对紫薇郎"的诗句，从此，便把这种植物记在心间，留心去找，终于，在一年的夏天，于西安植物园里，觅得了这种植物的芳踪。一见之下，喜欢的不得了。西安植物园内的这棵紫薇，就伫立在牡丹园的北边，少说也有五六十个年头了，树干有碗口粗，树枝若鹿角，花叶还算繁盛。自从认识了这棵树后，每次去植物园，我都会在其下驻足，用一种好奇的顽皮的心态，用手去搔搔它的枝干，看其是不是像书上记载的那样，花叶会颤动。不耐痒树的名字是否属实？但轻搔的结果是纹丝不动。也许这棵紫薇树太老了？

我原以为，紫薇都是长不高的，顶多也就两三米吧。但去年夏天到蜀地出差，我才知道，我想错了。在都江堰的二王庙内，我见到了数丈高的紫薇，干粗叶茂，花开得那个繁哪，把那一片天空都染红了。

紫薇也叫百日红，花期可长至三个月。在夏日万物皆绿的时节，这样的植物，很容易让人心生喜悦。

牵牛花

这是乡间最常见的一种花。夏日，行走在田间地头，常可见到这种花，收割过麦子，已播种上包谷的土地中尤多。牵牛花的叶是碎碎的三角形，花则如小喇叭，粉红的粉白的，牵牵连连的，寂寞地开着，如一痕淡淡的梦。牵牛花在我们那一带称为打碗花，因牛特别喜食这种植物，故又称为牵牛花。小时候，大人们常常告诫我说，少揪扯打碗花，否则，吃饭时候是会打破碗的。我想，这是大人们惜花的缘故吧，怕小孩不懂事，随意糟践花草。以上所说都是野生的，其实牵牛花也有人工培育的，无论花叶，都比野生的大了许多，花多为紫红色，也有红色的，常常长在人家的院落，或缘树而生，或缘篱笆而生，都是很好看的。

牵牛花也是画家的爱物，画花卉者，鲜有不绘牵牛花者。白石老人当年就喜绘牵牛花，其题词也妙。如在一幅画上，就有如是跋语：邻家牵牛花大如碗，余撷其一朵以绘之。今天的画家，亦少有这种雅趣。

合 欢

合欢我打小就认识，我的家乡就有，就生长在我们的小学校里，共有两棵。这两棵合欢树无论树干，还是树冠，都很大。树身有小桶粗，树冠则可荫蔽两三间房屋。小时候，花开时节，我们常到合欢树下玩，看红绒绒的花儿开在枝头。也捡拾落花，将其带回家，泡水喝。干合欢花放到锅里煮开，再放入白沙糖，凉饮，败毒去火，是消暑的妙品。在家乡生活的那些年月，我没有少喝母亲煮的合欢花水。但母亲不叫它合欢花，而称其为绒线花。不但母亲这样叫，我们那一带人都这么叫，我觉得既形象，又好听。因此，尽管我离开乡间多年，也见到过无数的合欢花，但我仍固执地称其为绒线花。因为母亲这样叫，因为我的乡人这样叫。

夏日无事，偶翻旧书，得孙犁先生《晚华集》，随便翻读，见内夹风干的绒线花一朵。看看购书时间，为1983年。那是我在西安翠华路一所学校求学期间，一日中午，和三两位同学，去小寨新华书店购买的。当时为大暑，林荫道上，蝉鸣一片。书买得后，当日下午适逢无课，即在学校花园内，寻找一幽静的所在，坐下捧读。正在我读至酣处时，风吹树动，一朵绒线花飘然落下，恰好落在我的书页上。我蓦然一惊，便随手将其夹入书中。不想，时过三十年，这朵绒线花还在。可惜的是，孙犁先生已去了。

木　槿

小时候，我最喜欢的花，莫过于木槿了。祖父的外甥寅生伯家在我们的村西，名曰上红庙，涉过清浅的小峪河即到。寅生伯有三个儿子，其中最小的名叫学选，和我的年纪相仿佛。每次去寅生伯家，学选都陪我尽情地玩。我们去村外的小溪里捉螃蟹，去稻田里钓黄鳝，去树林里找蝉蜕……但最有意思的事儿，还是在木槿花中捉蜜蜂。寅生伯的前院里有三棵木槿，每年夏天花发时节，都会开很多花，紫红的，白色的，开开谢谢的，直到早秋，还有花儿俏立枝头。盛开的花儿，吸引了很多蜜蜂、蝴蝶，在树周围流连、蹁跹，有时，甚至还有红蜻蜓、蓝蜻蜓飞临。我和学选在木槿树边玩，眼瞅着蜜蜂嗡嗡地飞着，落到木槿花上，然后钻进花蕊中，采蜜。我们蹑手蹑脚地摸到花边，用手把花聚拢了，揪下，便听到受困的蜜蜂，在花里面嗡嗡地叫。有时，动作稍慢了点，没有聚拢住花，蜜蜂就会逃逸出来，甚至，螫了我们的手。玩累了，我们会放了蜜蜂，然后把木槿花吃掉。木槿花有一点淡淡的甜味，很好吃。我们快乐地玩着，无数的岁月，便悄然而逝。直到多年后，我们已长大成人，回忆起往事，才觉出那时的快乐、多趣。

　　长夏无事，卧读《植物名实图考》，在《群芳》条中看到："木槿，《日华子》始著录。今惟用皮治癣。江西、湖南种之，以白花者为蔬，滑美。"日华子为唐代本草学家，原名大明，著有《日华子本草》，收录植物600余种，可惜此书已佚，今仅能从后代各家本草中，如《本草纲目》等，窥见其一些佚文。读着这样的文字，想起昔年在木槿花下玩耍，捉蜜蜂，吃木槿花的事，不觉会心一笑。

石榴

　　石榴在关中农村多见之,过去的大户人家,花园里,后院里,多有种者。即就是柴门小户,在庭院里也有栽种的。夏日,开一树红花,秋日,结一树浑圆的果实,煞是好看。我想,人家种此,主要是为观赏,其次,才是为品尝吧。

　　我家祖屋的院中就有一棵石榴树,在我的记忆里,足有两米多高吧。不过,这棵石榴树好像不怎么长似的,我幼小时是这么高,我长大后外出求学,直到参加工作,期间也有十多年吧,似乎还是这么高。花倒是开的,而且开得很繁密,就是坐果少,不大结石榴。每年开花时节,那花儿起初是一个个通红的小宝瓶,不久,瓶口就裂开了,吐出一束束火焰,绿色的石榴树仿佛被点燃了,连整个院落都亮堂了许多。每每此时,祖母总爱搬了小凳子,坐在石榴树下做针线。她戴上老花镜,边用针缝衣服，边在头发上一下一下抿针的情景，至今储存于我的脑中。多年来，每每见到石榴树，我就会想起祖母慈祥的面容。可惜的是，祖母离开我已有三十多年了，如今，随着农村城市化进程的加快，连坟头都被平去了。我无法再到坟地去凭吊祖母，每年清明节，只能在心中寄托思念了。

我家院中的石榴树不大结果，但邻居张大妈家的石榴树可是果实累累。我家院墙的北隔壁是张大妈家，她家院中有两棵石榴树，临墙而生，长得枝繁叶茂，而且很高大。院墙有一丈多高，这两棵石榴树，都冒出了院墙很多。张大妈寡居，有一个独生儿子名叫军平，军平比我大七八岁，平时不大和我们在一起玩。张大妈和我们不同队，我们是七队，她是八队。两家人也不在一条巷子住，但关系很好，见了面，总是客客气气的。张大妈，村人叫她张代表，因其在土改时，当过贫协代表，故村人都这么叫。久之，连她的大名也无人再叫。我至今都不知道张大妈叫什么名字。张大妈家的石榴树开花了，结果了，我急切地盼望着，盼着石榴快一点成熟。终于，秋风起了，石榴成熟了。我和同队的小伙伴们，趁着两家都无大人，偷偷爬上墙头，摘取几颗石榴，一饱我们的馋吻。这样的事儿做了多年，直到我长大成人，一年和母亲灯下闲聊，谈及幼年时的荒唐事。母亲笑着说:"张大妈心疼你们,知道石榴是你们这帮崽娃子摘的!"

汪曾祺先生以为,食石榴是得不偿劳,吃了满把的石榴籽,结果吐出来的都是渣。其实,吃石榴吃的就是个味儿,酸的,甜的,哪里能像吃饭一样,往饱里吃呀!秋天,买上几个石榴,剥开皮儿,闻着石榴皮上散发出的苦涩的味儿,看着满握晶莹剔透,形如红宝石似的石榴籽,然后慢慢享用,你会觉得,连日子都有了些味道。

秋/荠

　　平生食荠菜多矣，但如以所食荠菜之鲜美而论，当以少时在长安乡下所食为最。而所食荠菜，又以秋荠为美，春荠则次之。

　　春三月，麦苗返青，大地一片绿意。此时，蛰伏了一个冬天的荠菜种子，便悄然萌芽，钻出地面，嫩绿的羽状的叶子，在春风里招摇。几场透雨过后，荠菜已变得肥大，它们隐匿在麦苗下，或者荒滩的青草边，叶片上滚动着露珠，似在相互嘀咕着："来，挖我们吧！"循着春风的踪迹，孩子们奔出了村庄，奔向了旷野，鸟儿一样散落在田间地头，去挖荠菜。不唯孩子们，村庄里的妇女们，也会三三两两的出动，去麦田里，去荒滩、空地里挑挖荠菜。

　　在上世纪六七十年代，荠菜不但是一道野菜，也是庄户人家里的救荒粮。因为，在那个年代里，庄户人家

草木之间

秋荠

的口粮，鲜有够吃的。这些被挖回来的荠菜，经剁碎，下进稀饭锅里，再放进一些青豆、红白萝卜条、盐巴，便成了很好吃的水饭。水饭稀稠刚好，既好看，又好吃，还耐饿，是庄稼人一年中难得的美味。春天里，每当荠菜下来时，一般的庄户人家，总要做上那么三五顿荠菜水饭的。这种荠菜水饭近乎于今天的蔬菜粥，但好像又和蔬菜粥不同，只有长安乡下有，别的地方，我还没有见过。小时候，每逢母亲做荠菜水饭，我都能呼噜呼噜吃上两大碗。至今忆之，还觉得口有余香。将荠菜剁碎，调上调料，和玉米面掺和在一起，烙成玉米面饼，饼焦黄，趁热吃下，有鲜荠菜的清香，亦有玉米面的清香，咸淡相宜，也是很好吃的。还可以将荠菜和面，做成菜团子，蘸调好的蒜汁辣子汁吃，也别有一番风味。用荠菜包饺子吃，我们那一带不流行。也许是在半饥荒年月，麦面金贵的原因吧。这些都是春荠的吃法。荠菜也是一种季节性的蔬菜，一到暮春，荠菜便抽薹，开出碎碎的米粒状的小白花。这时，荠菜已经老了，已经不堪供庖厨。麦苗起身了，也没人再打荠菜的主意。荠菜疯长，开花，结子，完成它生命中的轮回。

秋荠生在八九月间，多在谷子地里，玉米地里，或人家的菜园里。荒滩里则很少见。我至今也未弄明白，它们是春荠的种子遗落在田间地头，而后生长出来的呢？还是隔年的种子，深埋在地下，待到秋天，才生长出来的呢？反正秋季里是有荠菜的，但似乎不及春季里多。和春荠相比，秋荠更肥硕、鲜嫩。也许是秋季雨水充足，阳光温润，气候更适于荠菜生长吧？秋日的午后，在田间劳作，或者在田间小路上行走，不经意间向谷地、玉米地里一瞥，你便会看到有嫩闪闪的荠菜，悄然地生长在谷棵、玉米棵间，秋阳下，叶片泛出一种柔和的光。若仔细观察，荠菜下，还常常趴伏着一只两只蟋蟀，在那里悦耳地叫。便禁不住地走过去，将其端详一会儿，连根拔起。荠菜根系发达，根往往扎得很深，但秋天里土地松软，很容易便能把荠菜拔起。秋荠的吃法和春荠差不多。但因为刚经过了夏季，新麦下场了，做荠菜面，则别具风味。若给荠菜面里下点小米，做成荠菜米面，吃起来则更佳。少年时代，我最爱吃母亲做的荠菜面，尤其是当秋荠下来，我常常要缠着母亲做好多次。给荠菜面里放些青辣椒，我常常胃口大开，一连能吃好多碗，吃出一头的汗。可惜，自从二十多年前离开家乡后，我再也没有吃过母亲做的荠菜面。而母亲现在年事已高，即使有机会回到乡下，也不忍心再让她老人家动手，给我做荠菜面吃了。看来，要吃荠菜面，唯有在梦中了。

　　秋日夜雨，家居无事，灯下闲翻《野菜谱》，知饥荒年月,荠菜惠人多矣。荠菜除可食外,还可止血。小时候,春秋时日,于田间打猪草,不小心被镰刀割破了手指,血流不止。不要紧,急忙在地里找寻荠菜,找到了,无论老嫩,取其茎叶,在口中嚼碎,敷于伤口上,血很快便会被止住。至今忆及,尚觉神奇。

桃/花/意/绪

去年春天,正当桃花满天红的季节,朋友相约,去六村堡看桃花,并说那里的桃花如何艳丽,如何的富有雅意。末了,却没有去。心想,大都市的郊外,也早已是车马纷纷,攘攘红尘,哪里就会有一个桃花源藏在那里呢?朋友前往归来,均交口称善,并相约明年再往。转眼又是春雨淅沥,燕子斜飞的季节,便同朋友去赏桃花。不惮路远,亦不乘车,五六个人骑着自行车,洋洋洒洒地奔向郊外。一路上,麦苗青青,衣袂飘飘,颇有几分林下散客的意味。

其实,我于桃花,可以说并不陌生。这么多年,也曾看过一些别样的桃花。

少时生活在乡下,村子周围遍布着一片片桃林,每到桃花盛开时节,常随小朋友去桃林中玩耍。那时,少不更事,常常折了桃花枝编作花冠,戴在头上玩,为

○ 草木之间 桃花意绪

此，屡屡遭到大人们的斥责。在我们眼里，桃花并不算什么，和梨花、杏花一样，只不过有些香气，好看而已。那种粉红色的花对我们并没有多少吸引力，甚而，我们还在心里祈盼着它早日凋殒，好结出桃子，一饱我们的馋吻，这也许是儿童的天性使然吧。及长，方悟出那时的行为有点作孽，要知道一枝桃花，不定要结多少桃子呢。而我们却随意攀折，难怪大人们生气、斥责。

读《诗经·桃夭》篇，我很为古人构造的那种意境所迷醉。"桃之夭夭，灼灼其华，之子于归，黄驳其马。"试想在一个煦风扑面的春日，桃花灿烂着，透出幽幽馨气，有一个艳丽的女子，在家人的陪送下，骑着一匹大黄马，去出嫁。一路上，蜂飞蝶舞，蹄声嗒嗒——这是一种怎样的情境。我们不能不为先人的浪漫而感动。又想及唐代崔护那个人面桃花的故事和那首有名的诗，觉得桃花真是一种和爱情有关的有灵性的花啊。

1986年去湖南，客居常德。偶尔从他人口中得知这便是古武陵。联想到陶彭泽的《桃花源记》，不觉来了兴趣，想要搜寻一下武陵人的踪迹。便于一个细雨霏霏的春日，去了一趟桃源县，造访了一下桃花源。可惜只有数树桃花，那花儿也开得不甚灼灼，但淋了雨，却极具鲜艳，花香也很清冽。倒是竹子生得旺盛，蓊蓊郁郁的一大片，给桃花源凭空添了几分神秘，几分清逸之气。前段日子读外国学者的一篇研究文章，说《桃花源记》中所描述的桃源仙境，不过是母体的子宫，写人类渴望重归母体的一种意识。我在惊讶这位学者大胆的同时，也在遗憾着当今之世，我们再也找不到一个精神的家园。

白乐天诗云："人间四月芳菲尽，山寺桃花始盛开。"我们来到六村堡是在三月。三月的六村堡桃花果然烂漫着，若霞若火，一大片一大片地连缀在一起，很是蔚为壮观。朋友带路，隐入一片极幽僻的桃园之中。远离了市声，远离了喧闹，我们或卧或坐在桃树下。吮吸着芬芳的馨气，听蜜蜂在花丛中嘤嗡，看彩蝶在麦田中翩飞，或闭目养神，或随意地拉呱着一些闲话，心灵便得到了一种无限的愉悦。淡话扯累了，吃点东西，喝喝啤酒，打打扑克，或干脆扯几张报纸，铺在地上，作花下酣睡，都是极惬意的事。有朋友即兴赋诗，诗写得花开花落，情趣盎然，赢得同游者一片喝彩。

我独自在桃林中徜徉，望着枝头的繁花想，春天里，何处桃花不盛开呢？又想，我们来看桃花，就果然看到了桃花吗？桃花心情，流水情节。其实，只要我们心中有桃花，就满眼桃花了。

灰灰菜

春天一过,接着就是夏天了。这个季节,田野里、沟渠边,又会生长出一种野菜——灰灰菜,为乡人所爱,亦为城里人所爱。灰灰菜为一年生植物,其叶黄绿色,间有紫红色者,呈菱形,边缘为锯齿状。枝干初为绿色,老则变为紫红色,甚好看。灰灰菜在我国分布很广,除海南、两广外,绝大多数省份,都可见到它的身影。

灰灰菜多生长在低洼、荒僻之地,初生时,嫩叶可食。乡人采其嫩叶,洗涤干净,或焯或炒,皆为下饭妙物。小时候,我没少吃过这种菜。记忆里,每年夏季,我和弟妹们把灰灰菜采回家后,母亲总是将其择洗干净,焯熟后凉拌了吃。而吃法呢,也多是卷煎饼。我很少见母亲将灰灰菜清炒了吃。灰灰菜也不是不能清炒,但清炒了吃,似乎有一点淡淡的土腥味,没有焯熟后凉拌了吃清爽。野菜很怪，很多野菜似乎都有这个特点。譬如马苋菜，焯熟后调上油泼辣椒，调上葱姜蒜醋盐，再滴上香油，凉拌了吃，吃起来微酸，滑溜可口，有一种说不出的清香，但炒食之则无。任旱菜也一样。和马苋菜不同的是，任旱菜凉拌了吃，吃起来有些粗涩的感觉。

灰灰菜品种很多，其中有一种叶心紫红者，古人称之为藜。在古代的文献典籍中，藜藿往往连用，多指粗粝的食物。起初，我不知道藜是一种什么样的野菜，后来一查字典，明白了，原来就是我们常吃的灰灰菜呀！古人硬是给它起了一个很诗意的名字。藜长着长着就长老了，它浑身紫红，结出了紫黑色的籽实，其籽实可食，干可为杖。籽实是否可吃我不知道，反正我是从未吃过的。至于干可做拐杖，古书记载就够了，如清人袁枚就曾写过《藜杖铭》，其文曰：藜瘦如竹，竹坚如玉，老人得之添一足。此足可以为证。然而，我还是满心疑惑，藜之干那么细，看起来又那么脆，它真的能做拐杖吗？直到有一年的秋天，我去了桐花沟，才消除了这一疑问。

是前年的秋天吧，我和单位同事去桐花沟扶贫。桐花沟在陕西蓝田县秦岭的北麓，属浅山地带。此沟因过去多桐树，每年初夏花开时节，满沟满岭皆为紫白色泡桐花而得名。但我们去时，沟岭上已少见桐树，取而代之的是柿树和野芦苇。进入桐花沟，放眼望去，沟岭上都是一疙瘩一疙瘩的柿树林，枝头挂满了通红的柿子，秋阳下，煞为好看。而沟坡边，野芦苇也是一片一片的，秋风一吹，在阳光下泛出银白色的光，让人目光迷乱。村主任把我们一行安排在一户陈姓人家住下。这家的男主人是一位山村教师，在沿山一带，教了一辈子书，如今，退休了，才回到故乡来安度晚年。陈老师是个讲究人，两层楼房内外收拾得干干净净，让人看了觉得舒心。我们安然住下后，走村串户，帮村民收秋，摊场，收场，掰包谷，割豆子，和房东同吃同住同劳动，相处得很融洽。中午，休息时间，我们还到村庄周围走走，一来瞧瞧风景，二来可以散散心。我就是在散步的时候，在房东隔壁人家的后园中，发现那棵灰灰菜的。天哪，它竟然长到三米多高，枝干粗如擀面杖，通体紫红，连籽实和不多的叶片，也呈紫红色，望上去犹如一团燃烧的火。这是灰灰菜吗？咋长得那么高那么大？这样的藜足可以做拐杖的。看来，古人不欺我也。我不觉为自己先前的怀疑而赧然。

　　灰灰菜还可做羹汤，昔人想必是常吃这种食物。要不，古书中怎会有"藜藿之羹，昔贤所甘"的记载。我虽非贤者，但我也很喜欢喝藜羹，吃灰灰菜。

大豆

　　大豆古曰菽，汉代以后才称为豆。其叶曰藿，茎曰萁，有黄白黑褐青数种，花亦有红白数色。褐色的大豆我没有见过，黄白黑青这几种大豆，打小我可是常见。我自小生活在关中农村秦岭脚下，我们那里是川地，水田旱田都有，麦收过后，大豆便被广泛种植。不同的是，黄色白色大豆要么被成片种植，要么随了苞谷、谷子间种，它们都种植在旱田里。至于水田边，则大多种植的是黑色、青色的大豆。这两种豆子吃起来也比黄色白色大豆更有水气。和绿豆叶一样，大豆叶也是野兔的爱物，它们最爱吃大豆的嫩叶。小时候在乡下，我曾多次看见稻田垄上种植的大豆的豆叶，被野兔成垄吃掉。每每此时，大人们都会对兔子恨得咬牙，但也是无可奈何。兔子腿快，谁又能抓住它们呢？气归气，气过后还得补种。

盛夏，漫步乡野，漫步大豆田边，微风吹动，万叶浮动，让人顿然想起碧波荡漾一词，不由心中一爽。读古书得知，豆叶在古代是可食的。"野人以藿为羹"。但我想，这种羹，定然是不好喝的，因为豆叶太粗涩。写"种豆南山下，草盛豆苗稀"的陶渊明，我想是不会吃豆叶羹的，他所吃的，大概也是豆子或豆制品。

大豆不是主食，它只能作为一种副食。大豆有多种吃法，磨豆腐、豆浆，生豆芽菜，是最常见的吃法。相传，明宣德年间，朝廷为选贤良方正，考举人时特出题《豆芽菜赋》，结果，好多应试者都交了白卷，唯有陈嶷以一篇赋高中第一。其赋曰："有彼物兮，冰肌玉质，子不入于淤泥，根不资于扶植。金芽寸长，珠蕤双粒；非绿非青，不丹不赤；白龙之须，春蚕之蛰。"以豆芽菜流传千古，陈嶷是第一人。

青色大豆家乡人又叫青豆。小时候，我最爱吃母亲做的青豆水饭。其做法为，给锅里添入多半锅水，将淘洗干净的大米和青豆下锅，待水滚后，再倾入剁碎的时蔬，这些时蔬有时是菠菜、青菜、白菜，有时则是野生的荠荠菜、水芹菜、枸杞芽，反正是有什么下什么。再下入红白萝卜条，用苞谷糁杂糅野菜制成的调和丸子，放入适量的盐，水饭便做成了。这样的水饭红白黄绿，不仅颜色好看，而且汤汤水水，没有油性，吃起来爽口，耐饿耐渴。每次吃青豆水饭，我都能吃三大碗。

现在家乡人已不大种青豆，除了产量低外，一个重要的原因是由于乡人的过度挖沙采石，致使河床下降，水田被"吊"起来，变成了旱田。水田减少了，自然，种植青豆的田垄也就少了。已经有很长时间没有吃到青豆水饭了，我想念家乡的青豆水饭。

螃/蟹

读《梦溪笔谈》，见有如下记载："关中无螃蟹。元丰中，予在陕西，闻秦州人家收得一干蟹，土人怖其形状，以为怪物。每人家有病疟者，则借去挂门户上，往往遂差。不但人不识，鬼亦不识也。"深以为怪。以沈括这样的博识君子，又在陕西当过官，何以竟武断地说关中无螃蟹呢？其实，关中自古就有螃蟹，只是沈括不察而已。关中在秦岭的北麓，秦岭峪口众多，河出峪中，蟹出河中，是再自然不过的事情。即以我的家乡长安王莽乡稻地江村而论，小时候，我就曾在村外的小峪河里，无数次的见过螃蟹，也捉过螃蟹。惜乎家乡人不解食蟹，吃螃蟹者，率多为我们一帮小毛孩罢了。我过去在乡间曾听到过一个谜语："小子胖又胖，背个大草筐，剪子有两把，筷子有四双。"谜底分明说的就是螃蟹。这也从另一个方面佐证了沈括之说的不正确。

◎ 草木之间

螃蟹

　　小时候，每年的盛夏时节，我都要和左邻右舍的孩子，到小峪河里去玩水，去捉螃蟹。正午，当太阳朗照大地时，我们便会穿着短裤，光着脚丫，提着小洋铁桶，顺着稻田田埂，奔向河滩。此时的田野上，水稻生长的正茂盛，稻叶在炽烈的阳光照晒下，发出青绿色的光芒。间或有荷田散落其间，荷叶青青如盖，亭亭玉立于水田中，有粉红的、粉白的荷花无声地开着，有宿露在荷叶上闪亮。蛙跃水田中，蜻蜓满天空。行走在光溜溜的田塍上，时不时会惊起一群群的蚂蚱，哄然乱飞，一颗少年的心，就会随着头顶的白云，飘向远方。村庄距离河滩，也就二三里路的样子，溜溜达达的，不觉间就到了。那时自然环境好，不似今天的河污水浊，让人痛心。河滩上沙亮石白，且多的是小树林，鸟儿在树林中啁啾，蝉儿在枝头欢唱，它们都试图想留住我们的脚步，我们却不为所动，急急忙忙地下到清清的小峪河里。河水真清凉啊，像一双双温柔的小手，划过我们的小腿，连心也清凉了许多。水中的鱼儿很多，一群一群地围着我们的脚丫子转，小嘴不断地轻撞着我们的脚面、脚脖子，痒痒的，有一种说不出的舒服。间或鱼儿泼剌一声跃出水面，溅起的水花，会弄湿我们的脸，我们也毫不在意，只一门心思地弓着腰，低着头，在水中的石头下找着螃蟹。清水中的螃蟹还是比较好捉的，用双手轻轻搬开石头，如下面有螃蟹，螃蟹就会惊慌地四散逃走，不用急，伸手到水中，猛然一抓，螃蟹就会被紧紧抓住，动弹不得。然后丢进洋铁桶里，铁桶中就会发出沙沙的响声。起初，捉住的螃蟹少，桶中仅有沙沙声，随着时间的流逝，所捉螃蟹增多，桶中除了沙沙声外，还会发出螃蟹噗沫的吱吱声。也就一顿饭的功夫吧，小洋铁桶中已是满满当当，盛满了螃蟹。盖好桶盖，在河中的深潭里再游一会儿水，我们便提着螃蟹桶回家了。晚上，这些螃蟹就会成了我们的盘中餐。也许是因为我们那一带螃蟹小的缘故吧，家乡人吃螃蟹并不讲究吃蟹黄、蟹膏什么的，实际上，他们仅有一种吃法，就是将螃蟹去其盖、脐，去其嘴部组织，然后用清水淘洗干净，上锅油炸。炸出的螃蟹黄亮亮的，油汪汪的，吃起来嘎巴嘎巴，酥脆香，很好吃。当然喽，大人们是很少吃这种东西的，他们只是在我们大嚼时，有时禁不住眼馋，偶尔吃上一只两只的。那些油炸螃蟹，绝大多数情况下，还是被孩子们吃掉了。

在乡间，捉螃蟹还有一种方法，那就是借光捉法，这须等到黑夜。螃蟹是趋光虫儿，晚间，打上火把，或者揿亮手电筒，沿河游走，螃蟹见光，就会悄然爬过来。用火光或手电光照定了，螃蟹就会一动不动地伏在水底，用手一捞，它就会湿淋淋地进了鱼篓。小时候，

◎草木之间

螃蟹

我和小伙伴们，曾不止一次地在夜间捉过螃蟹。那也是极有趣的事儿。傍晚，吃过晚饭，几个要好的伙伴，借着夜色，打着手电筒，说笑着行进在溪畔。此时，四周虫声唧唧，夜色如墨，远山如黛，天空挂着几颗如拳的星星，沐浴着清风，呼吸着大地散发出的带有草木味道的气息，望着点点流萤，听着阵阵蛙鸣，心中顿然间便充满了无限的快乐。不过，晚间捉蟹，须得十分小心，一要防止毒蛇，二要防止跌落水中。上大学期间，有一年的盛夏，我回故乡，一次心血来潮，晚上和堂弟去河里捉螃蟹，就曾遇到过蛇。好在我们早有准备，提前预备了棍子，将其赶开了事。即就是这样，也让我吃了一惊。

读古书，得知古代苏杭一带曾出现过"蟹厄"，那几乎是和蝗灾一样可怕的事儿。蟹灾过后，大批秧田被损害殆尽。这也就是汪曾祺先生之子汪朗所讲，古人食蟹，是缘于憎恶的原因了。不过，我们的家乡，也许是地处北地的缘故吧，还未曾听说遭受过蟹灾。

螃蟹的品类很多，据《蟹谱》和《蟹略》所言，少说都在十多种。而名字就更杂了，竟多达一二十个，什么彭越、长卿、郭索、无肠公子……等等，不一而足。而最有名者，莫过于郭索和无肠公子。郭索者，一言多足貌，二言爬行貌，三言形声貌，指螃蟹爬行时发出的

"郭索郭索"的声响。宋人高似孙和明人王立道还写过同名异趣的《郭索传》呢，那实在是两篇妙文，从中亦可看出古人之情趣。至于无肠公子，那是古人究物不细，对螃蟹的一种误读。其实，螃蟹是有肠子的，其肠常带黑色，从心脏下面一直通到肚脐眼，不过细而直，不易被察觉罢了。但这又有什么关系呢，我们今天在诗文中，依旧称螃蟹为无肠公子。这种叫法，反倒让人觉得亲切、有趣。一提到这个名字，我们就仿佛看到螃蟹张牙舞爪，"怒目横行与虎争"的样子。

螃蟹也为历代文人画士所爱，即以诗人黄庭坚为例，他不但嗜蟹，而且还写下了许多咏蟹的诗歌。与他同时代的高似孙亦是，其一生不仅写就了《蟹略》《郭索传》《松江蟹舍赋》，而且还写就了十余首咏蟹诗，较之于毕卓的怪诞和饕餮，对螃蟹可谓更加一往情深矣。画家就更不用说了，古今多有画蟹名手。白石老人所绘之螃蟹，更是让人爱不释手。其题画诗亦妙，"但将冷眼观螃蟹，看你横行到几时？""老年画法没来由，别有西风笔底秋。沧海扬尘洞庭涸，看君行到几时休。"余生也晚，憾不见其风致。但观其画，味其诗，亦足解渴慕之情。至于螃蟹性躁，用心不一，这一点颇与时下的许多人相类，不免让人浩叹。

喜/鹊

喜鹊可以说是关中农村里最常见的鸟类了，尤其是靠近秦岭北麓这一带的乡间，人家房前屋后的大树上，乡野沟渠坎畔的树枝间，多有喜鹊的影子。喜鹊样子很喜庆，圆圆的小脑袋，尖尖的喙，黑白相间的身躯，长长的尾巴，可以说是人见人爱。而乡人们最喜欢的，应是它的喳喳的叫声了，他们认为那是一种吉祥的声音，"喜鹊喳喳叫，客人就来到。"在我们村里，这是人们最爱说的一句话。

我也很喜欢喜鹊。缘由有二，一是我自小生活在长安乡下，喜鹊多见，见的多了，就如乡邻一样熟悉了，熟悉了便心生欢喜；二是觉得这种鸟好看，叫起来也好听，不像麻雀，灰不沓沓的，整天一群一群的，聚集在人家的屋檐前，叽叽喳喳，吵的人心烦，有时还糟害庄稼，人不待见。也不像猫头鹰，叫起来尖利刺耳，如锐器在石板上划过，让人心生恐怖。记忆里，喜鹊在春天和冬天最常见，夏天见到的似乎不太多。这也许是夏天草木茂盛，喜鹊的行踪不易被发现的原因吧。春天，在故乡的原野上，或者小河旁，常能见到喜鹊。它们一只两只的在麦田中蹦跳，头一点一点的，看上去很好玩；或者一边喳喳地叫着，从这棵树上缓缓地飞到那棵树上，尾羽划出优美的弧线。这个季节，喜鹊的巢也比较好找，多在高大的白杨树上。行走在乡野上，偶一抬头，你便会看到一个个巨大的黑色的喜鹊巢，安然的蹲踞在高杨大柳的树梢间，好像是一件件艺术品。天空是纯净的，蔚蓝的不染一丝儿杂尘，这时也许有风，那巢便随了风，轻轻摇晃。要是担心巢会被风刮下来，你就可是闲吃萝卜淡操心了。事实上，喜鹊是筑巢的高手，我曾在乡间生活了多年，也见过好多鸟儿的巢，比如燕子的，麻雀的，斑鸠的……我以为，都不及喜鹊的巢筑的漂亮结实。麻雀就乱乱的一团草，囫囵着弄一个小窝。有时，它们甚至连这样简易的巢也不筑，就直接栖息在人家的屋檐下，或者树丛中。小时候，听父亲讲寒号鸟的故事，我总疑心那到了冬天，到处飞来飞去，嘴里叫着"噗噜噜，噗噜噜，寒风冻死我，明天就垒窝——"的寒号鸟，似乎就是麻雀。燕子的巢固然精致，但也是筑在人家的屋梁上，而且喜用旧巢，既没有

◎ 草木之间　喜鹊

喜鹊巢大，也没有喜鹊巢好看。至于斑鸠巢，多筑在大树主干一两丈高的逸枝处，不但潦草，也极不安全。少年时期，我就不止一次的看见，村童爬上树去掏斑鸠窝，惊得斑鸠绕着树，鸣叫着乱飞。而喜鹊就无此之虞，它们的巢多在大树的顶端，村童爬不上去；就是爬上去了，也因树梢树枝太细，他们怕折断树枝，跌落下来，而不敢贸然爬上顶端去掏喜鹊窝。更何况，村人还禁止小孩爬树糟害喜鹊，认为那是不吉利的事儿呢。因此，喜鹊在故乡多见，就是极自然的事了。春夏季节，喜鹊忙碌着筑巢、生蛋、育雏，繁衍后代，而到了秋天，喜鹊似乎悠闲了一些，这个季节，雏鹊已长大，不用再哺育，田间又多食物，昆虫，植物的果实多了去，它们不用费太多的力气，就可以吃饱。吃饱了的喜鹊就在田野，或者人家房前屋后的大树上鸣叫、嬉戏。只有到了冬天，因为缺少食物，觅食不易，又加之天气太冷，它们才显得呆滞一些，似乎没有春夏秋三季活跃。

而此时见到的喜鹊，多数是在觅食。

喜鹊喜逐人居，这种现象，我是早就知道的，过去，在家乡的那段年月里，我也常见。不过，这十几年来，由于环境的改变，乡间大树骤减，平原上、川地里，已经很少能见到喜鹊，它们缺少了栖居地，无处可筑巢。即就是偶尔能见到，也是一只两只的，没有成群的。而那巢也小的可怜，望去约有篮球般大小，孤零零地架在半大树的树梢间。昔年，喜鹊很少光顾的山间，因为大树多，反倒经常能见到它们的身影。去年冬天，我一次去沣峪游玩，在红草河边，竟然意外的碰到了一大群喜鹊，它们叫着，闹着，在一块山地里蹦跳着，边跳边啄食。那份悠然，令我神往。我当时激动了半天，还专门停下匆匆的脚步，静静地观看了一阵子呢。那一刻，我的心似乎又回到了故乡，回到了遥远的童年。恍惚间，我看见慈祥的奶奶拿了一张喜鹊登梅的大红窗花，正往窗格上贴。而窗外，则是一地的白雪，一树的琼枝……

夏/日/蝉/声

《庄子》有句："蟪蛄不知春秋"。年轻时读此句，不知其意。一翻注解，明白了，原来就是寒蝉。寒蝉春生夏死，夏生秋死，自然不知春秋了。不过，这里的"春秋"须说明一下，它并非我们常说的春季秋季，而是指一年。蝉寿命短，当然不知"一年"是怎么回事了。我自小生活在长安乡下，长安属于关中，在秦岭以北，比较寒冷。在我的印象里，我们那一带似乎没有春蝉，有的只是夏蝉和秋蝉，夏蝉尤其多。夏日正午，或者黄昏，天晴时节，行进在山间小路上，或者川地的河滩边，便可听到盈耳的蝉声。那真是蝉声的海洋，各种各样的蝉声，高的低的，长的短的，尖细的粗犷的，一波一波，你方唱罢我登场，不绝如缕，把人的心都能叫乱。昔人用"蝉声如雨"来形容，我以为是再恰当不过了。

也许是自小生活在乡下的缘故吧,我喜欢听各种虫鸣鸟叫,尤其喜欢听蝉声,觉得那简直是天地间最美妙的音乐。尽管我已离开故乡多年,但这种爱好,一直未改。每年的夏秋时节,我都要抽空回老家看看,在家乡住上几天,喝一喝家乡的水,吃一吃家乡的饭,自然也会到家乡的田间地头走走,看看那些熟悉的人,熟悉的田土,熟悉的河流小树林,也顺便听听蝉声。在我的记忆里,蝉声是和天气有关的,若天气晴好,蝉鸣便会异常的响亮、悦耳;如天阴或者下雨,蝉儿的叫声就会发闷,甚至有些嘶哑。尤其是大雨前的闷热天气,蝉声简直有些歇斯底里。我喜欢天气晴朗时的蝉声,天气晴朗时,高卧故乡老屋南窗下,听蝉儿高一声低一声的吟唱,那简直是一种享受。在樊川中学读高中时,暑假里,我常常爱一个人带一本书,溜溜达达走到小峪河边,躲进小树林里,脱掉鞋子,把脚伸进清凉的水里,边听蝉鸣边读书,那是我少年时期最旖旎的梦。可惜,这种梦现今已经不再。

听蝉声最好是在寺庙里,环境清幽,蝉声也愈加的清越,如箫管,若长笛,若丝竹,随你怎么想,都不为过。期间,如有一二老衲,跌坐蒲团上,不念经而打盹,那情境,似觉更妙。二十多年前的一个夏日,我在终南山南五台的圣寿寺,就曾见到过这一情景。时值正

草木之间

夏日蝉声

午,蝉声如潮,充满了整个山谷,而一位居士就坐在寺门口的石墩上,安然地打盹。他双手间长长的念珠串,也一动不动,垂挂指间。我当时想,这么热闹的蝉声,也不能惊醒一个清修者的梦,他难道心中真的是无牵无挂吗?那时的圣寿寺因年久失修,已相当破败,近乎荒寺,没有院墙,亦无大殿,除了一个残破的山门,数间破屋,两座佛塔,就是几棵参天古槐,还有无尽的蝉声。如此境遇,能安之若素,这位清修者该是多么的高洁呀?我没有打扰那位清修者,只是轻手轻脚地在废寺里转了转,触摸着历经千年风雨的砖塔,一瞬间,我的心也清静到了极点。听蝉声还宜于水滨。水流潺潺,蝉声绵延,水声和着蝉声,婉约有致,亦妙。当然喽,山谷中也很适宜听蝉声。那需邀一二挚友,于盛夏最热时,不紧不慢地行进在山间小道上,有风吹过,林木沙沙,而蝉鸣时断时续,飘入耳中。身临其境,便会洒然有出世之想,足以忘忧。去年秋天,游滇池,登西山,闻蝉声,我就曾有过这种感觉。所不同者,那次听到的是秋日蝉声,而非夏日蝉声。

有人说,蝉儿鸣叫,是雄蝉用鸣声吸引雌蝉来交配,也许吧。但我从中体味出的只是自然的和鸣,是大地的欢歌。还有人说,蝉是害虫,吸食树木的汁液,会造成树木死亡。我想,这也许只是人的想法。若从蝉儿的角度来讲，莫准还认为人是害虫呢。"饮风蝉至洁，长吟不改调。"我们还是学学苏学士，学学古人吧，相信蝉是餐风饮露，是高洁的，尊重自然，尊重造物，这样，我们在炎炎长夏，才会不觉得寂寞，在清亮如水的蝉声里，才会过得更有滋味。

后记

　　这本散文集得以出版，首先得感谢本书的责任编辑张建明先生。是今年春天的一日下午吧，有友人相约茶楼小聚，我依约前往，不意建明也在。建明我早就认识，尽管我们来往并不密，但心里却彼此记挂着。朋友间交往，我向来遵循着这样一个原则，即"鱼相忘于江湖，人相忘于道术。"什么意思呢？就是朋友们各有自己的天地，各有自己的事业，只要心中牵念着就够了，不必整天腻歪在一起。如此，友谊也许会更持久一些吧。见面，自然好高兴。闲谈间，建明问我近期有何新作，这可以理解为朋友对自己写作的一种关心，也可以说是一位资深编辑的责任，我就谈到了这本书。他让我把书稿发给他看看，我就通过信箱，传给了他。不想，一周后，建明来电话，说可以出版。听到这个消息，我心里还是激动了那么一小会儿。但也就一会儿而已。说句心里话，也许是有了一些年纪的缘故吧，我现在对许多事，已不再像年轻时那么看重，一切随缘吧。但尽管如此，我还是感念着建明对我的关爱与帮助，也感动着他对彼此间友谊的珍视。

　　除了张建明，我还得特别感谢我的另外一位朋友刘岚。他为这本小书，创作了十余幅精美的国画。这些绘画为我的书增色不少。关于刘岚，我曾写过一篇短文，今节录一小节，以为介绍。"长安刘岚者，高尚士也。

其久习绘事，积年浸淫其间，多方访求名师，焚膏继晷，孜孜不倦，终有所成，不惟花鸟画擅名一方，其作山水、人物画，亦多可观。但其最醉心者，还是绘鹤。其于绘鹤，用心最多，亦用力最多。所绘鹤，或仰天长唳，声闻于天；或信步松下，安若处士；或跨芦而过，收获福禄；或伫立洲渚，顾影自怜。造型各异，笔墨生动，尽得虚谷老和尚、王子武画师绘鹤之风神。鹤之于刘岚，老友也，君子也，故人也，隐逸之士也，其见敬如此，喜绘鹤，善绘鹤，亦理之当然耳。而其品性、志趣，亦可窥而见之矣。"这段有关刘岚绘鹤的文字，自然不能摹写刘岚的风貌，只能得其仿佛。事实上，刘岚是西安美院的高才生，又是著名花鸟画家、中央美院张立辰教授的弟子，其虽卜居长安，绘画却有全国视野，现绘画声名早已远出潼关。生活中的刘岚是安静的，他是君子，是侠士，更是风雅士，林下士。其好绘画，好读书，好野逸，好武术，自然亦好老酒，好苦茶，我为有这样的乡党而骄傲，亦为能得到他的帮助而高兴。

  这本书能得以顺利出版，还有很多朋友也出了不少力，诸如装帧设计者、校对者等，在此一并谢过。苦夏难过，唯愿诸君身体清健。

2016年6月1日于坐静居